Mo story

賓士猫的森林冒險

Adventure in the Forest

文／圖　崔然州（최연주）
譯　郭宸瑋

在秋季與冬季交接之際
某個很深的夜裡，

連出來遊蕩的貓頭鷹爺爺
也打起瞌睡來了。

整天吵鬧不已的兔子六胞胎，
睡得十分香甜。

住在彎曲橡樹下方的賓士貓一家
也跟森林裡其他動物家族一樣
沉沉地睡著。

除了其中一個孩子——MO。

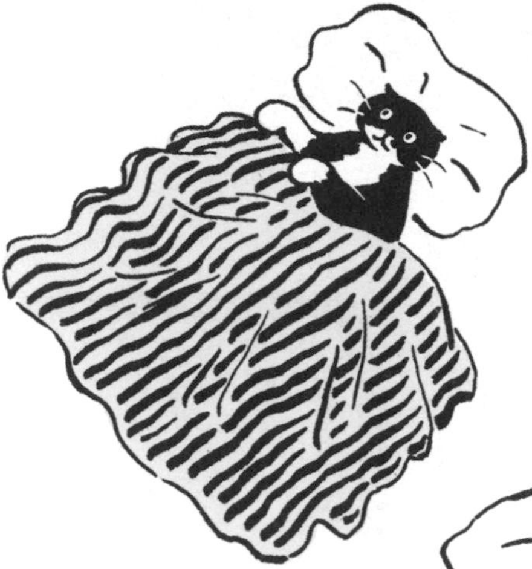

一下子翻到這邊

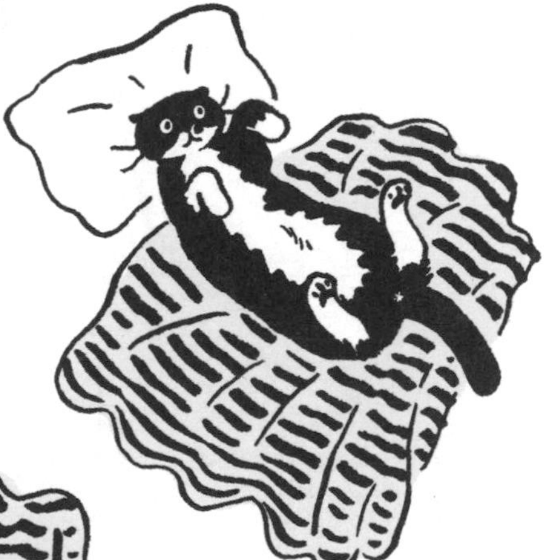

一下子翻到那邊

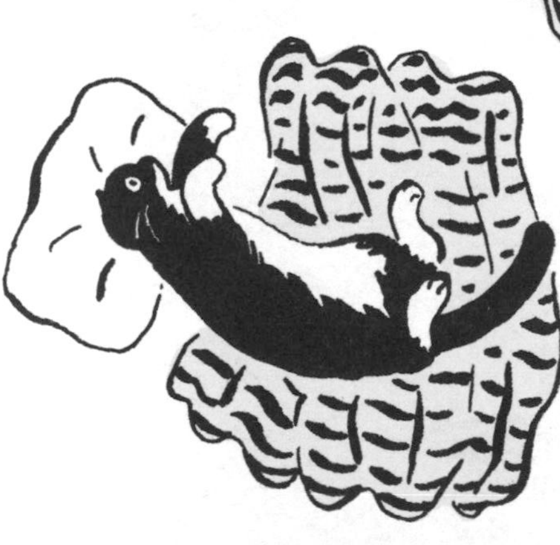

MO一點睡意也沒有。

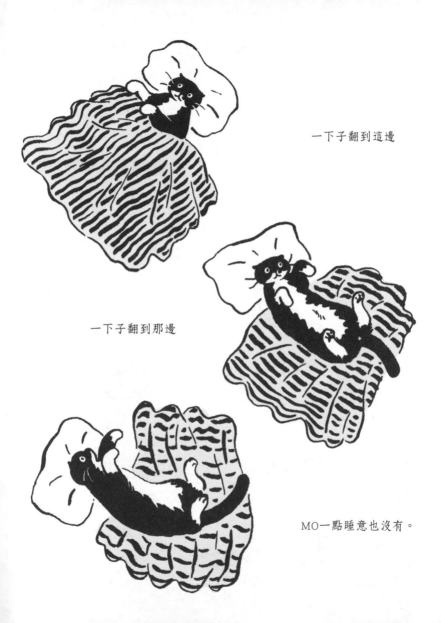

這時候，

窗戶外面有個東西
在一閃一閃地發光。

那光芒不像是來自星星
看起來就好像在微笑一樣

而且它彷彿在對MO說：
「快到我這裡來。」

然後逐漸變小，

最後消失不見。

MO趕緊繫上圍巾

留下一張紙條後就出門。

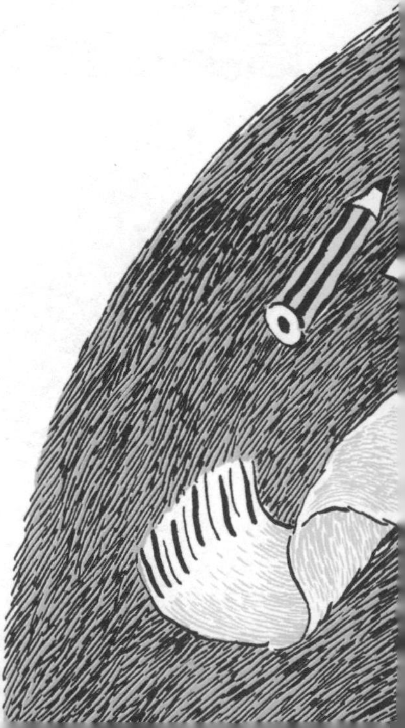

光芒：
出門了
很快就
回家
-MO-

貓草

MO離開家後走著走著，

忽然一本書掉到他的腳邊。

唉呀！
我不小心打起瞌睡，
結果讓書掉下來了。

抱歉嚇到你。
這麼晚了，你要去哪裡？

我啊，
正在尋找微笑的光。

嗯？
微笑的光？

貓頭鷹爺爺認真傾聽
MO描述自己在深夜裡
看見的光芒。

也許書裡面
有寫到你想找的那道光。
來我的書齋，我們一起找找看吧。

MO和貓頭鷹爺爺一起找了一會兒，
卻始終找不到
和微笑的光有關的事。

老爺爺！我出去外面找找看。
我的屁股快要坐扁了，實在沒辦法再坐下去，
所以我先走了。

是啊，有時候行千里路、勝讀萬卷書。
但是MO呀，你什麼都沒準備就跑出來了，
這些東西讓你帶走吧。

貓頭鷹爺爺給的包包裡，有這座鬱藍森林的村落地圖、
裝了小魚乾的玻璃罐，還有一些花生。

謝謝你，老爺爺！
那我走囉！

對了，
森林裡有沼澤，要小心喔……
還有尖銳的荊棘，你要非常小心……
啊，對了，還有熊！
熊是最危險的，一定要注意！
知道了嗎？

啊！當然，謹慎小心是一件好事，
但不要膽怯畏縮，還有……

啊啊，知道了，知道了啦！

抓住這邊！
不對，不是那邊，是這邊啦！
快點，動作快！
想讓孩子們早上有飯吃，
就得趕快抓到蟲子！

真是的，說過多少次了，我知道啦！
先管好你自己吧！你應該沒漏掉什麼吧？
抓蟲子最重要的一點，就是事前準備。一定要準備好才行！

為了迎接早晨，
山雀夫婦正勤快地準備著。

哈囉！小山雀，你們在做什麼呀？

真是的，我們正在忙呢！
在孩子們醒來前，
得趕緊準備去抓蟲！

要讓孩子們
順利吃到營養豐富的蟲子，
必須好好做準備！

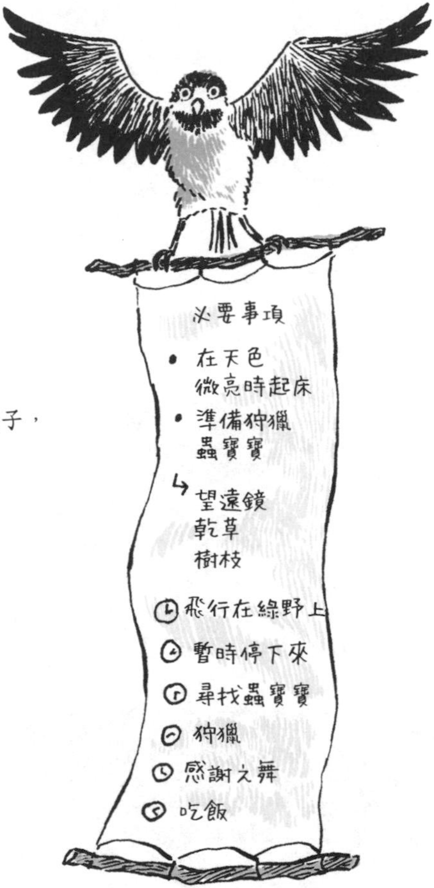

我們已經準備完畢，
現在得出發了。
你要去哪裡呀？
你都準備好了嗎？

啊，我睡不著的時候看見了微笑的光，
覺得很神奇，就跟著跑出來了！

你戴了圍巾呢！
畢竟凌晨時非常冷，
做得好！很棒！

再多準備幾樣東西，
就很完美了。

森林比想像中還要危險，
有可能會受傷，所以要帶著可以塗傷口的積雪草，
和肚子餓時可以拿來吃的莓果。
還有，MO，你的手又粗又短，
把這個樹夾子也帶上吧！

那麼，再見了！
我們出發的時間到了，先走了！
希望你順利找到微笑的光！
啊，對了！森林裡住著很可怕的熊，你要小心喔！

嗯，
我知道！
掰掰！

森林裡有好多
親切的小動物！
我覺得應該可以
很快就找到
微笑的光！

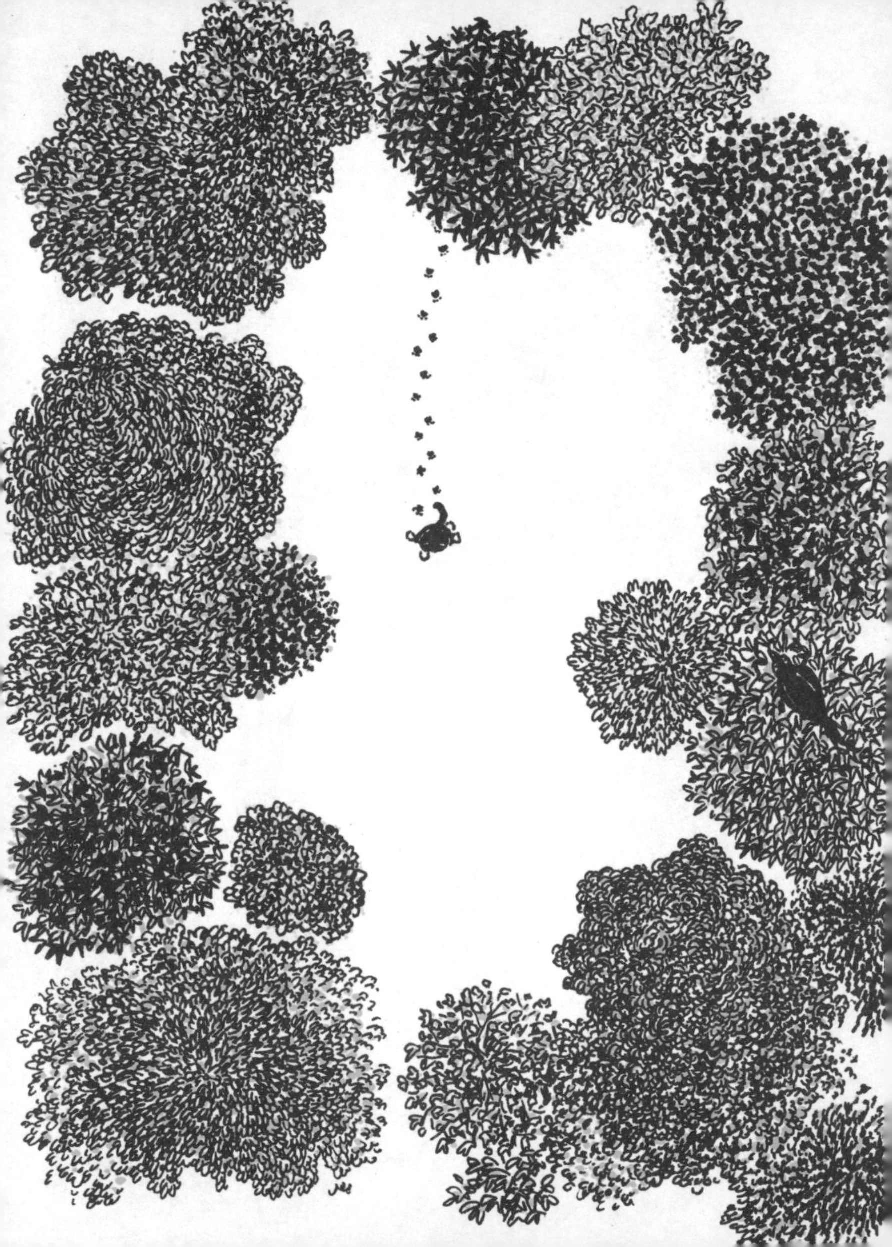

哎呀，我的腿！
走了太久，
腳掌好像變得更扁了。

得做一點
伸展運動才行。
一、二！一、二！
伸展吧！

啊，身體好像輕鬆了一點。
打起精神，繼續尋找吧！

也許微笑的光就在比想像
中還要近的地方，
比方說……

這種樹洞裡？
哇呀呀呀呀！

我說你啊，
不要突然冒出來啦！
我差點被你嚇死！

對不起，
因為我想找的東西
可能就在這裡面……
我不是故意要嚇你的，
真的很抱歉。

MO的誠意打動了松鼠，
讓他開始對MO好奇起來。
你是誰啊？

我的名字叫做MO。
我住在橡樹屋裡，
正在尋找微笑的光。
我猜想光芒會不會就在樹洞裡面，
沒想到是你在這裡。
你有見過微笑的光嗎？

松鼠靜靜地聽著……

等等……！
等一下，你……
你沒學過怎麼好好打招呼嗎？

跟第一次見面的對象打招呼時，
要脫下帽子，微微低下頭，
然後說：
「初次見面，你好。」

還有，如果你要問人問題，
必須先說「不好意思」。
等你說完想說的話了，
要再加上一聲「謝謝」。
來，你再重新跟我打一次招呼！

初次見面，你好。
我住在橡樹屋裡，
最喜歡的東西是沙丁魚罐頭！
啊……對了！不好意思……？
我的名字是MO。
……還有……！
請問你有見過微笑的光嗎？
啊！謝謝你！

MO是第一次打招呼，總覺得有些不自在，
連鬍鬚都緊繃刺痛起來！

噢……嗯……雖然感覺有點奇怪……！
但是你滿可愛的，就不跟你計較了。
啊，希望你以後不要忘記怎麼打招呼！

很好，很好，
我為了迎接冬天，
正在搜集橡實呢。

這一整片森林裡
都被我藏滿了橡實！

來！
我也送你一籃橡實吧！
肚子餓的時候，
最適合來一碗橡子湯了！

祝你一路順風！
遇到新朋友時，要有禮貌地打招呼喔！
對了，聽說森林裡的熊非常可怕，
碰到熊就別打招呼了，
趕緊逃跑吧！

嗯！我知道了。保重喔！謝謝你！

MO又走了好一會兒。
他開始覺得口渴，
決定去湖邊喝水，
或許也可以遇到別的小動物
當中有人曾經見過微笑的光。

啊，就在附近！太好了！

哇！是湖耶！

咻——呼，
原來我這麼渴呀。

先撿起一片樹葉，

把它捲起來，

小心地舀起湖水，

咕嚕咕嚕

哈，真是爽口！

肚子餓了

啊啊，
好想吃媽媽做的炸魚⋯⋯

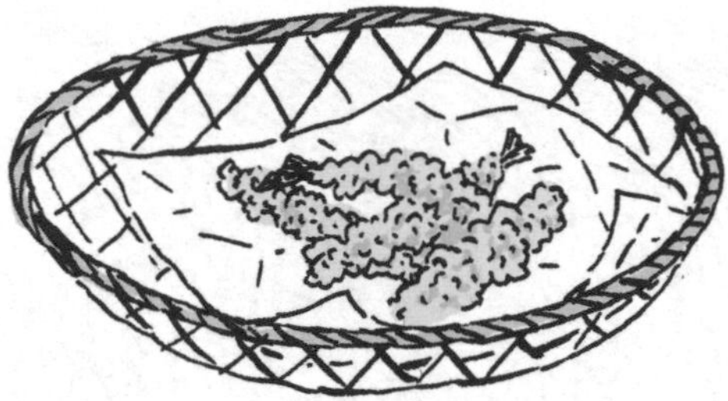

咬一口，啪擦，那鹹香又酥脆的味道

這時候，

草叢裡忽然伸出一隻手，
拿走了一顆MO的橡實，
然後開始用湖水清洗果子。

咿咿！我的橡實……！

那個……不好意思，
初次見面……！
那是我的橡實耶……？

哎呀！抱歉！
我以為這是我籃子裡的東西，
就拿過來洗了！

我是在那棵樹下的茅草屋裡
經營餐廳的浣熊。

我正在準備今天菜單上的午餐。

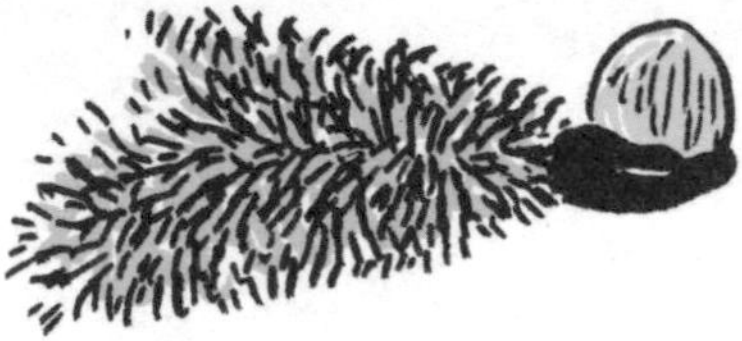

來，給你，你的橡實。

不好意思……
我可以用這些橡實
跟你換一頓午餐嗎？
還有，我的名字叫做MO。

MO！好啊！
我今天剛好要試做新的料理，
正好可以幫你做一頓午餐。
一起來吧！

MO，
幫我把大盤子拿過來！
架子上有一個大杯子，
順便裝一些水過來。
你可以幫忙灑一點鹽進來嗎？

浣熊準備好的食材都加進去了。

嗯……總覺得少了一味，
應該再放些什麼呢？

要不要看看我的包包裡
有沒有可以用的食材？

山雀夫婦給的莓果
松鼠紳士給的橡實
貓頭鷹爺爺給的小魚乾和花生

哎呀！
你帶來的食材都很棒呢！
這鍋湯的味道有點淡，
搭配小魚乾、花生和橡實這些配料，
一定很不錯！

登登！
浣熊和MO一起創造的新料理
終於完成啦！

浣熊先嘗一下味道。

哇呀！

怎麼了？不好喝嗎？

不是，只是太燙了……
來，你也嘗嘗看！

MO填飽肚子後，
準備重新啟程。

謝謝你，MO。
你和我一起發明的新料理，
我那些客人一定會很喜歡。

這個送你，
是我們一起做的料理！
你休息的時候可以吃。

再見，MO！
在森林裡小心不要跌到了！
還要注意可怕的熊！
再會！

再見～！

MO又踏上旅程，
繼續前進。

微笑的光
會躲在草叢裡嗎？

會不會埋在
乾枯的落葉堆中？

呀

飛走了。
微笑的光也
往天空飛走了嗎？

陽光很暖和，
吃飽喝足的MO開始昏昏欲睡。

不知不覺就睡著了。

太陽開始下山時，

一陣吵鬧聲讓MO醒了過來。

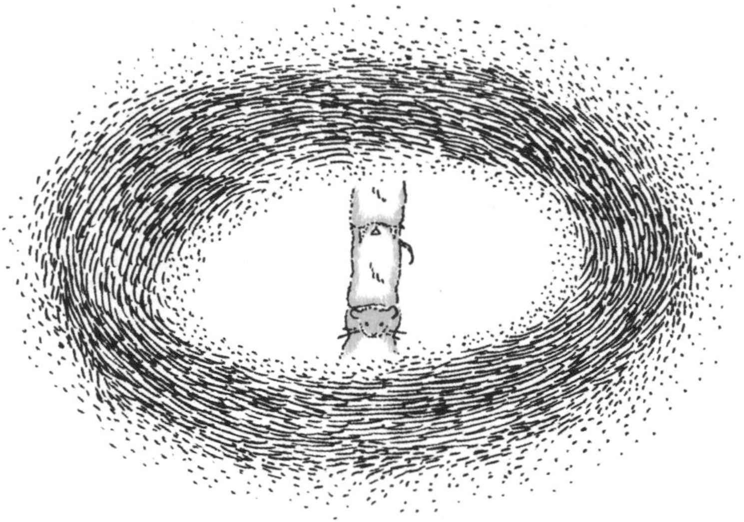

張眼——

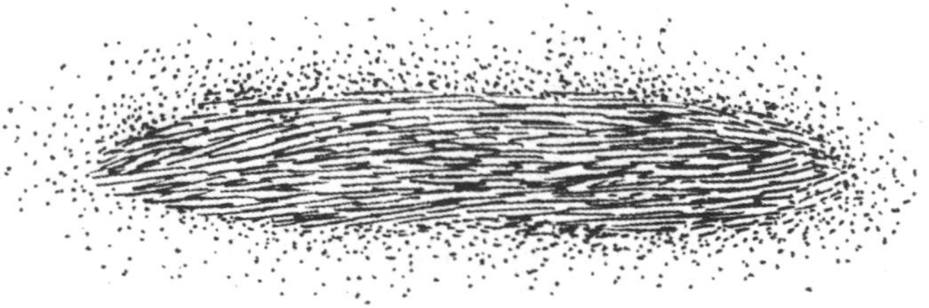

閉眼——

是夢嗎……
還半夢半醒的MO睡眼惺忪。
一團一團的毛球……
MO昏昏欲睡。

巢鼠們拉扯MO的鬍鬚，
把MO叫醒。

這個地方是我們巢鼠的村子！

要是你壓垮我們的家，

我們要怎麼辦！

這群生氣的巢鼠推著MO起身。

MO往屁股下面一看，
真的有一個圓圓的房子
被坐扁了。

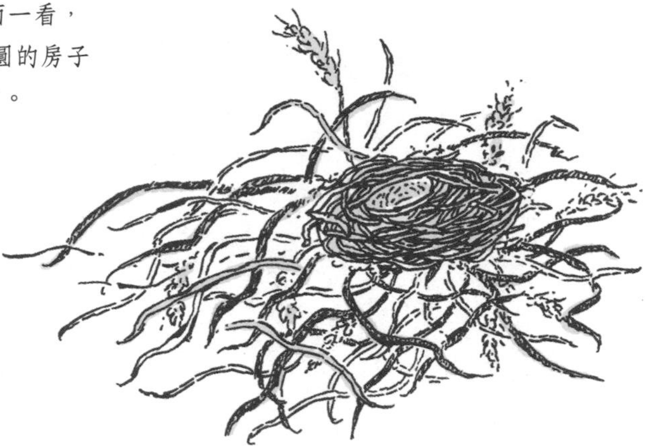

那是我們排行17的弟弟
——鼠鼠的家！
他只是暫時出門一下，
你怎麼可以在這裡睡覺！

巢鼠們嘰嘰喳喳的聲音
還有怒氣沖沖的目光
讓MO的鼻子開始冒冷汗，
四肢也變冰冷。

MO不知該如何是好，
忍不住流下眼淚。

對不起
我真的不知道
把房子弄壞
非常抱歉

對不起
怎麼做才好
我竟然
幹出這種事

巢鼠們等著MO停止哭泣。
哭完了沒？喏，擦一擦吧。

巢鼠當中的老大輕輕嘆了一口氣，

開口說：呼——算了，

壞都壞了，也是沒辦法的事。

大貓咪你，

還有我的家人們，大家集合起來！

我們重新蓋一間吧！

巢鼠老大一聲令下，
不論是
才剛睡醒的巢鼠，

還是正在吃飯的巢鼠，

甚至連泡澡中的巢鼠，
全都跑來集合了。

好！我們先確定重建的位置，
然後去收集稻草。
大貓咪！你叫什麼名字？
我叫……MO……
好，MO，請你幫忙把稻草搬過來。

2弟到8弟，
去把稻草割下來！

MO還有9弟到15弟，
你們負責搬運！

16弟到18弟，
和我一起去蓋房子！

決定好流程後，
MO和巢鼠們
都迅速行動起來。

有MO幫忙搬運稻草，
很快就搬完了，挺不錯的嘛？
巢鼠們都大力稱讚MO，
讓他覺得心情稍好一些。

蓋房子的過程中，
MO也幫忙折斷稻草。

謝謝你，MO！
MO的心情更好了。

巢鼠們都是優秀的建築師，
所以沒花太久時間，
房子就重建完成。
MO，謝謝你幫忙蓋房子。
我們自己來的話，肯定要花上好幾天，
有MO的幫忙，
我們才能快速打造出完美的房子。
巢鼠老大這麼說。

嘿嘿，

我都不知道自己可以幫上忙！

大家一起完成一件事情

讓人覺得好開心。

對啊，
大家合力完成一件事情
是很棒的事喔，
謝謝你。
MO，你接下來要去哪裡？

啊，對吼！
我本來在尋找一道微笑的光……
差點忘了這件事！

哇～突然出現閃爍的光？
還對你微笑？好神奇呀！
然後你就跑出來了？
真是勇敢呢！

我晚上翻來覆去睡不著，
突然看見窗外
有光芒在閃爍，
還對著我笑！
我就立刻跑出來，
開始尋找這個光芒！

聊著聊著，
道別的時候到了。

再見，MO！一路順風！
隨時留意四周的情況，
才能避開可怕的動物！
尤其要小心熊！

MO再次
踏上旅途，
也開始思考
熊的事。
熊到底是誰啊？
很可怕嗎？
我會遇到他嗎？
思考中……

啊！
是磨菇。
圓滾滾的樣子，好可愛。

啊！
這裡還有毛毛蟲。
看起來軟綿綿，
好可愛。

美味的蘑菇呀蘑菇～吃下去就會笑呵呵～

MO的耳邊突然傳來歌聲，一隻馴鹿出現在他眼前，

正在飛快地採蘑菇。

哼哼哼～
哎呀，是一隻小貓咪呢。
真可愛。

忽然間，
許多隻馴鹿靠了過來。
哎呀，哎呀，
真是可愛呢。
馴鹿們
爭相隨意撫摸著MO。

MO跟在
馴鹿身後，
一邊哼著歌，
一邊走在一條
羊腸小徑上。
美味的
烤蘑菇啊～
還有融化的起司～
趁冬天
到來之前
趕緊享受吧～

這裡是冬天來臨之前
我們辦派對的地方，哼哼。
沒時間啦！
快過來坐下，
這裡有烤蘑菇、
起司和莓果汁，
盡情享用吧！
派對中可不能沒有音樂！
哼哼！哼哼！

LETTER
02.
01.
LETTER
LETTER

MO和馴鹿們一起享受派對。
一年十分短暫，冬天很快就要來了～哼哼。馴鹿們唱著歌。

嚼嚼。這種蘑菇
好像越吃會讓人越開心！嘿嘿！
MO一邊吃蘑菇，
一邊說。

因為這是笑笑蘑菇呀。
在冬天來臨前，
我們得多笑一點才行。
不過，聽說吃太多會肚子痛，
要小心喔！

冬天時，
我們可是很忙的！
哼哼。
要回覆孩子們的信，
或是把老爺爺
送到煙囪上，哼哼。
這可是很辛苦的工作。
馴鹿展示著書架上
堆得滿滿的信。

所～以～呀～
享受吧！
冬天的工作，
冬天再去想吧。
忘掉一切，
感受這一刻有多麼
開心就好。

MO～
你也有必須完成的工作吧？哼哼。
不過，現在都先忘掉吧！
要是你會一直想到工作，就吃笑笑蘑菇。
然後，哈哈哈，和我們一起笑吧～

駟鹿們和MO
分享彼此的故事，
直到天色變暗了。

對了，你們知道關於熊的事嗎？

MO這麼問。

當然！當然知道！我們很清楚！

熊的身體很大很大！
馴鹿們似乎很興奮，
竟然開始演起話劇。
那隻熊的口臭也非常嚇人！
他帶著難聞的口臭，
在半夜裡出現，
把村裡的居民耍著玩！

哇哈哈哈哈
噢呵呵呵呵
熊出來啦！
快逃啊！快逃！
跑到你尾巴上的毛
都掉光為止！
要是聞到熊的口臭，
會臭到你鼻子都麻痺！

盡情享受了
熱鬧的派對後，
天空已經不知不覺
染上橘黃色。

可是，MO，
你自己一個人
在森林裡做什麼呀？
馴鹿們問他。

對喔！
我本來正在尋找微笑的光耶?!
竟然已經這麼晚了?!
我必須找到微笑的光，
然後趕快回家才行！
MO連忙離開馴鹿的派對。

走在漆黑一片
的森林裡，
MO心中有些害怕。

白天的森林閃閃發光，
景色非常漂亮，
但夜晚的森林，
連樹皮看起來都像
一張恐怖的臉。

呼呼～夜風呼嘯，
天空不知是不是餓了，
一直發出
呼嚕呼嚕的聲音。

MO非常害怕，
前進時
緊緊抓著圍巾。

滴答滴答——
天空開始落下
一滴一滴雨水。
然後……

讓人幾乎看不見
前方的滂沱大雨
從天而降。

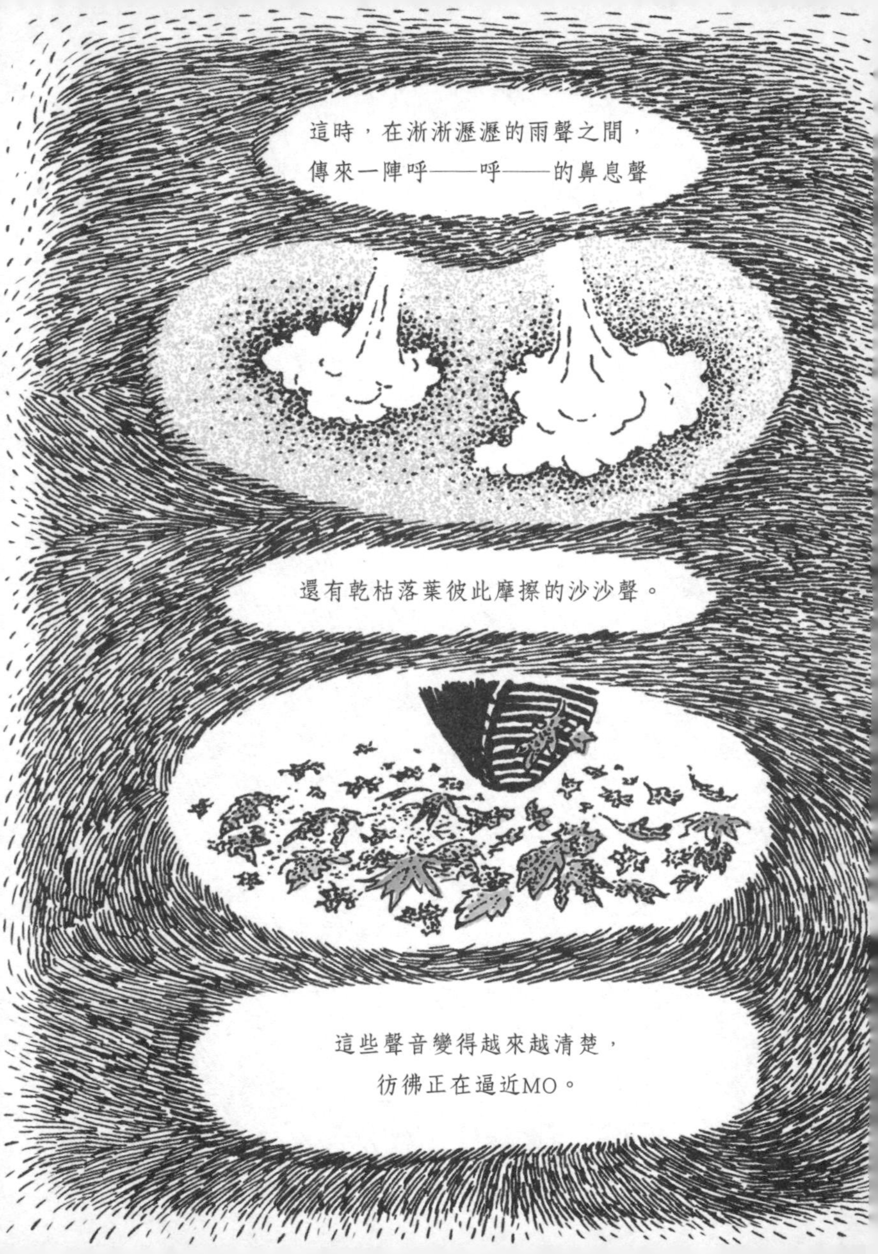
這時，在淅淅瀝瀝的雨聲之間，
傳來一陣呼——呼——的鼻息聲
還有乾枯落葉彼此摩擦的沙沙聲。
這些聲音變得越來越清楚，
彷彿正在逼近MO。

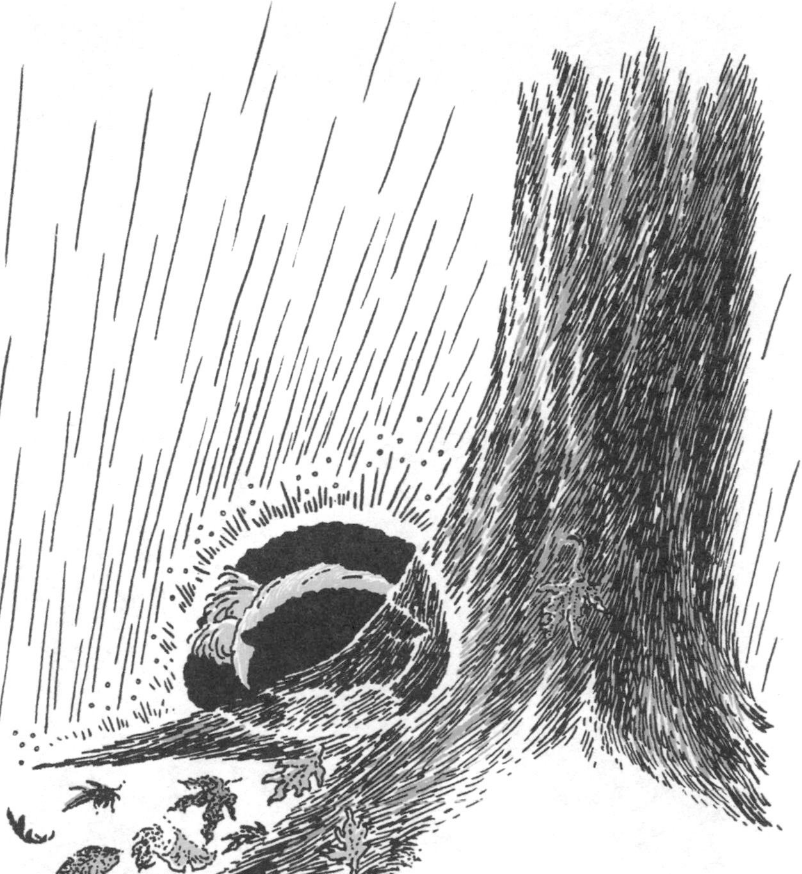

MO實在太害怕，
把身體捲成了一團圓球，
瑟瑟發抖著。

那是什麼聲音？
難道是那隻大家要我小心的熊
出現了嗎？

這時，
縮成一團的MO頭頂上
傳來貓頭鷹爺爺
嗚——嗚——的叫聲，
以及振翅飛翔的聲音。

這不是
貓頭鷹爺爺的聲音嗎？

對了，
老爺爺說過
不可以畏縮膽怯……
像這樣把自己縮起來，
就哪裡都去不了呀！

要睜開一隻眼睛
看看嗎……

MO鼓起勇氣睜開眼，
卻看見一隻熊的龐大影子
映射在樹幹上。

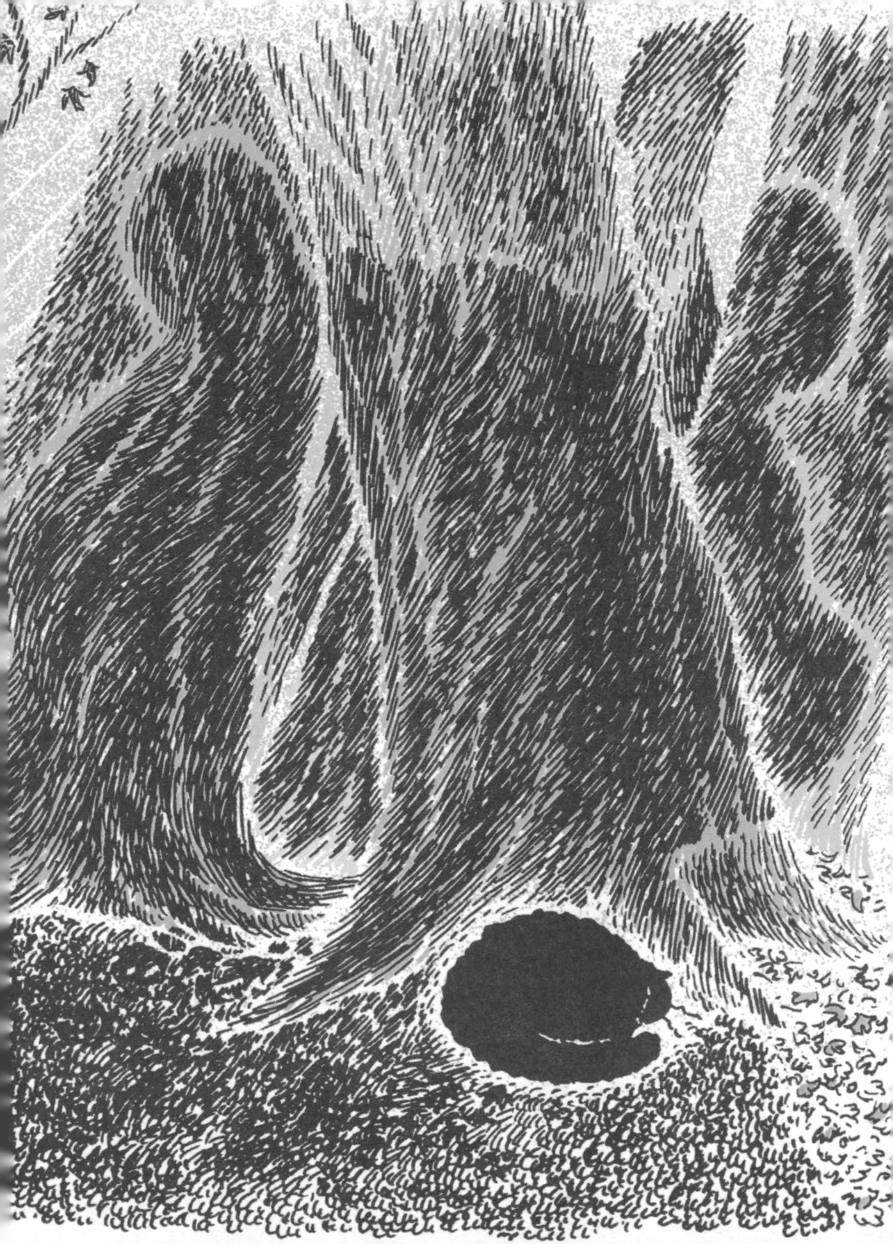

嚇

MO嚇了一大跳，
四腳朝天、往後摔倒在地，
同時大叫出聲，
包包也啪噠一聲掉到泥坑裡。

MO再次睜開眼一看，一隻黑熊撐著樹葉做的雨傘
站在他面前，正用一副不可思議的表情盯著他。

天啊，
你還好嗎？
看來我嚇著你了。
我是黑熊，
就住在
岩石下面的洞穴裡。

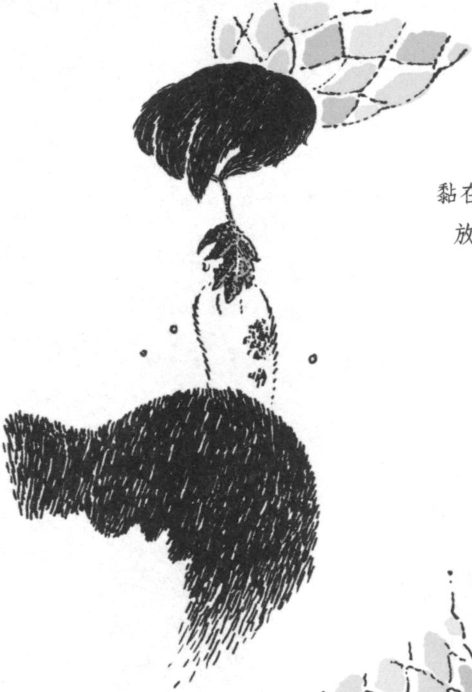

黑熊拿走
黏在MO腳上的潮濕樹葉，
放進自己的手提籃裡。

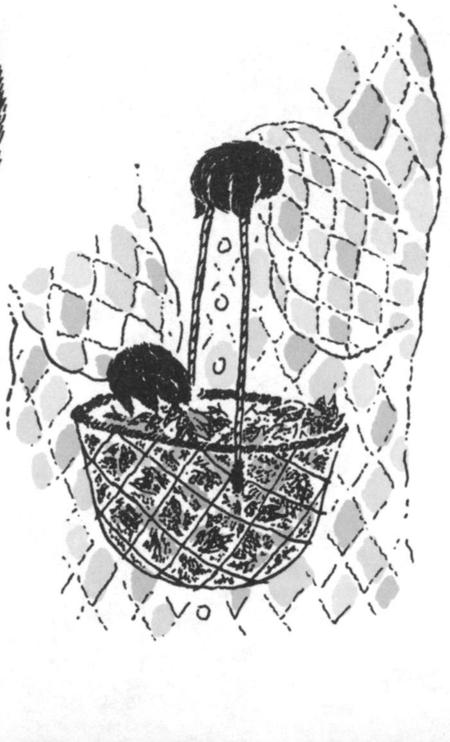

我在每個下雨的夜晚，
都會到森林裡收集葉子，
黑熊這麼說。

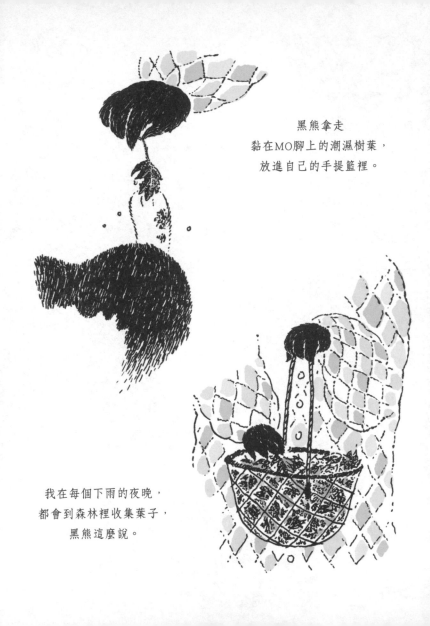

收集葉子？
MO歪著腦袋
反問他。

狩獵小動物來吃，
或是破壞別人家、
在村子裡放火——
熊不是都在幹這一類
壞事才對嗎？

哈哈哈！

對啊，森林裡的居民都很怕我，

所以我通常只在下雨的晚上出門。

黑熊撿起MO掉進泥坑裡的背包甩了甩，一邊這麼說。

黑熊抬高手裡的提燈
照亮樹幹，說道：

所謂的恐懼，是由於不了解而產生的情感。
例如黑漆漆的森林裡看起來像怪物的樹木，
只要用光照亮它，
會發現只是有樹葉黏在上頭而已。

黑熊一邊撿落葉，一邊繼續說。

嗯……無論如何，

我在冬天都要沉沉睡上一覺，

所以秋天時必須收集樹葉做成被子。

看！這件衣服也是我親手做的。

五顏六色！是不是很可愛啊？

還有，我的雨傘也是用樹葉和樹枝做成的。
要收集12片又大又長的樹葉
可不是容易的事呢。

哇……MO發出讚嘆。
我可以和你一起收集樹葉嗎？
MO才剛說完，
黑熊馬上回答：
好啊，我們一起撿樹葉吧！
然後我泡一杯熱蜂蜜茶給你喝！

兩人收集了滿滿一籃的樹葉，
接著一起走向黑熊的家。

BOX

MO將樹葉一張一張擦拭乾淨後

遞給黑熊，

黑熊再動作輕巧地縫進被單裡。

當鬧鐘響起、表示時間到了，

黑熊把東西都收拾好，開始沖泡蜂蜜茶。

我只在固定時間幹活，剩下的都是我的休閒時間。

這蜂蜜是從我家門前的蜂巢取來的花蜜，

昨天我試吃過，很甜喔！

對了，MO，你怎麼會在下雨的夜裡跑到森林裡啊？
MO告訴他微笑的光這件事。
我為了收集樹葉，走遍了森林的每個角落，
但是從來沒看過微笑的光耶？
如果哪天我看到了，再跟你說。

已經很晚了，在我家睡一晚再走吧。
來，這是枕頭！我關燈囉，晚安。
黑熊這麼說。

等等，睡覺前要先刷牙。

唰唰唰。

MO認真仔細地

洗刷著黑熊口中的每一顆黃牙。

口氣香香的話，

森林裡的小動物就不會再怕你了。

做完睡前準備，MO對黑熊說：
對了，黑熊啊，我真的很抱歉。
我之前明明不認識你，卻非常害怕你，
把你當成恐怖的怪物，
結果完全不是這樣，你是非常非常棒的熊！
森林裡那些朋友如果認識你，
一定會喜歡你的。

真的嗎？

當然！
天亮以後，我就介紹你
認識那些朋友。

MO和黑熊
開心地聊了很久。

黑熊很快就進入夢鄉，
MO愣愣地盯著天花板，
上面掛著
黑熊做的星星提燈。

閃——爍——

風從門縫吹進屋裡，
星星提燈隨風搖晃起來，
看來就像正在微笑。
啊，是微笑的光……
MO看著微笑的光，
靜靜地、緩緩地入睡了。

END

後記
EPILOGUE

文／圖　崔然州 최연주

韓國知名插畫家，參與諸多書籍的插畫創作，
並與各大企業、單位與組織合作。

和父親一起經營名為「福金與霧尼」（후긴앤무닌）的品牌，
自由地畫出自己一整天裡
注意到的事物、有趣的想像，
以及所有自己喜愛的東西。
instagram @chocolateye

賓士貓MO（毛）本來是流浪貓，2018 年冬季某日一路尾隨崔然州的弟弟回家。家人經過討論後決定收留他，為這隻小賓士貓取了帶有「毛模特兒」（모델）、「代理」（대리，韓國企業裡的職稱）雙關意義的「MO 代理」（모대리）暱稱。嘴角肉有一顆黑色圓點的「MO 代理」很快就擄獲他們全家人的心。

崔然州開始以MO為主角，在IG帳號上發表插畫作品，同時製作許多周邊商品，深受大眾歡迎。這本暖心又清涼的繪本是以MO 為主角，想像他在成為他們家一份子之前的生命故事。

這張地圖是樹上的貓頭鷹做的
要戴好
圍巾
這裡有賣
好喝的
巧克力熱飲
藍色樹叢
下午四點，
從杉樹上
眺望出去的
風景很美
草叢間
藏著美味的果實
這個地方的
風很大
迷路的時候，
就往上爬！

鬱藍森林
村落地圖
製作者；樹上的貓頭鷹
浣熊餐廳
主廚推薦料理很好吃，
是一間小小的餐廳。
還沒去過森林深處
的所有地方。
要小心熊出沒的地區。
北
東
南
西
裡有很多
橡實

賓士貓的森林冒險
모 이야기 (MO STORY)

作　　者　崔然州（최연주）
譯　　者　郭宸瑋
設　　計　高巧怡
行銷企劃　蕭浩仰、江紫涓
行銷統籌　駱漢琦
業務發行　邱紹溢
營運顧問　郭其彬
責任編輯　林淑雅
總 編 輯　李亞南
出　　版　漫遊者文化事業股份有限公司
地　　址　台北市103大同區重慶北路二段88號2樓之6
電　　話　(02) 2715-2022
傳　　真　(02) 2715-2021
服務信箱　service@azothbooks.com
網路書店　www.azothbooks.com
臉　　書　www.facebook.com/azothbooks.read
營運統籌　大雁文化事業股份有限公司
地　　址　新北市231新店區北新路三段207-3號5樓
電　　話　(02) 8913-1005
傳　　真　(02) 8913-1056
初版一刷　2023年9月
初版四刷(1)　2024年3月
定　　價　台幣420元

國家圖書館出版品預行編目 (CIP) 資料

賓士貓的森林冒險 = Mo story/ 崔然州 文. 圖 ; 郭宸瑋 譯. -- 初版. -- 臺北市 : 漫遊者文化事業股份有限公司, 2023.09
168 面 ; 13.5 x 16.5 公分
譯自 : 모 이야기
ISBN 978-986-489-844-2(精裝)
862.57　　112012714

ISBN　978-986-489-844-2

時報出版

詹惟中開運農民曆2021

找到你的紫微密碼

CHAPTER 3

抽掉人生的鬼牌

CHAPTER 4

2021開運農民曆

【附錄】

一一〇辛丑年百歲年齡生肖對照表

找到你的紫微密碼

紫微斗數中，其實暗藏很多祕密，有很多可以抽絲剝繭的預測，我將它稱作「紫微密碼」，統稱為「東方星座紫微密碼」。

開始談紫微密碼之前，必須先讓大家了解一個概念。舉例來說，很多藝人有本名、有藝名，古人有名有字有號，其實都是同一個人，只是在不同的身分、不同的處境、不同的時機之下，造就他們使用不同的稱呼。

其實紫微密碼也是這樣，它是某一個出生年的「代號」，假設今年是西元二〇二〇年，代表耶穌誕生到現在的第兩千零二十年，但對漢人的農曆年來說，今年稱之為庚子年，庚是甲、乙、丙、丁、戊、己、庚、辛、壬、癸的「庚」，子是子、丑、寅、卯、辰、巳、午、未、申、酉、戌、亥的「子」，天干加地支，六十甲子，一直輪迴下去。雖然看似複雜，但大家不要把它想得太難，簡言之，庚子等於中華民國一〇九年的9，也就是西元二〇二〇年的0，所有西元年尾數只要是0的，就可以對應所有中國的庚年；也就是說，年在本質上是一樣的，只是被人類賦予了不同的稱謂而已。

以此衍伸下去，**西元出生年尾數是0的，它的紫微密碼就是0**，應對到中國就是庚年。0到9是十進位，我們再去看西元跟天干（即我們熟知的甲乙丙丁戊己庚辛壬癸），包括台灣的年，它們都是十進位，所以，所有輪迴都是不衝突的，十個、十個進位，以此類推。

舉個例子來說，明年是二〇二一年，明年出生的人，紫微密碼就是1，從古代的農民曆來看稱為辛年，中西不同但完全不衝突，反而還相互對應。所以我們將出生年歸類到西元生年尾數來看，後年二〇二二年，紫微密碼就是2，也就是中國的壬年。

這樣一來，你找到自己的紫微密碼了嗎？只要知道西元生年尾數，輕輕鬆鬆就能找到自己的紫微密碼。

紫微密碼入門概念

找到自己的紫微密碼以後，跟別人討論時，不像西洋星座，知道月份之外還要找那個月的幾號到幾號；東方星座只要知道紫微密碼，就可以聊個三天三夜了，非常淺顯易懂。

重點來了，很多人會說紫微密碼把人分成十種，星座把人分成十二種，想當然爾，分十二種會比較精準一些？其實我必須說：沒有，絕對不可能。我們除了把人用紫微密碼分成十種人之外，每一種密碼又用紫微四化分成四種個性，等於是把人分成四十種。你可能是紫微密碼0的有錢人，也可能是紫微密碼0的權勢者，當然也可能是桃花朵朵開、貴人無數的0。同樣地，我們可以向前推算，二〇一〇、二〇〇〇、一九九〇、一九八〇……，它們都是同一個族群，也就是紫微密碼0、庚年生的人，當然，也絕對是民國出生年尾數9的人，這樣一來，全球的人讀這本書都能通用，只要知道西元出生年尾數，就能知道他的紫微密碼是多少。

而你是想成為西元出生年尾數0的富人、權力者、有桃花的人，或是失敗的人，一切都操之在己。只有在了解了自己的紫微密碼之後，才能夠應對不同的年份，去找到自己的加分、減分，以及如果遇到不同紫微密碼的人，如何去應對、如何去面對、如何相輔相成、如何預防被陷害或被設計……所有你想知道的事，這本書都會告訴你如何去做。

從這裡開始，你已經進入紫微密碼的另外一個階段了，同時這裡會有一個小小的補充，就是出生年「跨越農曆兩個年度」的人。舉例來說，國曆一月、二月生的人，在西元曆中已經跨到另一個年，但還是要以農曆出生年作為「紫微密碼」，建議西元年頭出生的人，可以參考萬年曆，找出自己農曆生日的出生年，一來方便查詢，二來也可避免誤差，讓所有人都找到正確的紫微密碼！

也就是說，可能會有人的生日是西元的年頭，比如西元二〇二一年的一月二十二日，雖然西元年尾數是1，但農曆生日是二〇二〇年的十二月十日，這時就要以農曆為準，所以還是要以0作為紫微密碼。這個很重要，畢竟這是以甲、乙、丙、丁、戊、己、庚、辛、壬、癸這十顆星的天干，跟每一個天干產生十顆加分減分的星來推演的，所以二〇二一年一月二十二日出生的人，農曆年還是屬於庚年，當然要用庚年的十顆星來論，因為紫微畢竟是中國老祖先傳承的東西。

畢竟古代沒有西元的概念，為了順應國際化，讓全球的人都能夠理解紫微密碼，也讓他們便於了解中國古時期的十個天干，因此這件事需要格外注意。

另外一個重點在於：千萬不要陷入生肖的迷思。星座與生肖無關，而是以紫微斗數生的那年開始，觀察每一年四顆星的變化，來衍伸出星曜理論，我稱之為「東方星座」。

為了走向國際化，為了要遍及全球，為了讓華人智慧再次地提升、讓我們老祖先的東西超越西洋星座，每一個華人都必須要傳承這個東西，這是我們一生的使命，把中國的茶道、花道、烹飪，包括中國的武術發揚光大之外，這本書將會是空前絕後的一本命理奇書，以此傳承下去。

你一定要知道的四大星曜

二〇二〇年出生的小朋友，稱為紫微密碼0，但其實，不管紫微密碼是多少，從0到9，每個人都會面臨四顆非常特別的星曜，這四顆星曜會跟著人們一輩子，既可以帶他上天堂，也可能帶他墜入地獄。在紫微斗數的論命當中，最高深的就是這個四化演變，由這四個星曜產生非常微妙的變化，稱為紫微四化，也就是化祿、化權、化科、化忌；如果從這四顆星曜的特性，去加以深入研究、吸收、揣摩，那麼就會得到好名聲、好權力、好桃花；相反地，也會因此知道危機、劫難、心魔或是困難在哪裡。

所以基本上，大家可以先了解什麼是紫微四化：「化」代表變化，「祿」代表錢財，所以在紫微密碼中，「化祿」代表財運；「化權」代表變化為有權力，所以這顆星曜就象徵紫微密碼中權利的高漲、責任的提升，也代表發揮工作上的才華，讓工作能力被肯定。「化科」代表科甲，也就是考試運，當然也代表著人脈跟桃花，所以這顆星曜可以說是紫微密碼裡的貴人；「化忌」中的「忌」代表忌諱，也代表災難與危機，可以說是紫微密碼中的災厄。

弄懂四化之後，就可以知道，同班同學大多是一樣紫微密碼的情況下，為什麼有人功課好、有人功課不好？為什麼有人討人喜歡、有人人緣不好？因為就算同樣的紫微密碼，也要靠自己去了解自己的個性，把四顆星曜反覆地研究、了解、揣摩、吸收，並且加以發揮，才能得到更上一層的成就。

接下來，我們就要了解四顆星曜各自代表的意義，經過了解，你才會對自己有更深的認識，也不再迷失，甚至可能會愛東方星座勝過西洋星座，這就是漢人老祖先的智慧。我們後續會告訴大家，什麼是帶給你財富、權力、好名聲的星曜，藉由我把它簡化之後，你就開始恍然大悟，人生一片遠景，學習完之後就能得到富貴，得到權力、得到好名聲。當然，最重要的還是佈施、佈施再佈施，供養佛法僧之外，記得樂捐——快樂地捐助付出，你才能夠因自己的學習、成長，加上有捨有得的付出，得到遠離災難的可能。

我們知道水滸傳有一〇八條好漢，在紫微斗數中也有一〇八顆星，而這裡面有十幾顆星正好在紫微密碼的星曜中有被使用到，所以在詮釋星座的時候，我們會把這些歷史人物也順便帶進去，讓大家能夠契合他們的性格和星曜，也有助於在記憶、背誦、使用上面，得到更多提升的空間。

總體而言，我們在講解星座的同時，也會把它的歷史脈絡、典故加以説明、詮釋，有機會也會併入東南西北、木火土金的概念，讓大家在將來能夠行雲流水地使用，並且為自己提升好的運勢。

東方星座崛起

新的一年，
會有好的財運、事業或桃花嗎？
了解東方星座，掌握星曜特性，
2021年讓你吉星高照，逢凶化吉！

CHAPTER 1

紫微靈動數

身為一個虛長到五十七歲的漢人，我從十七歲開始不遺餘力地研究命理，用生命、用靈魂、用熱情、用歲月，去參透中國最博大精深的命理。好在我天賦異稟，在研究的時候，除了能夠過目不忘之外，對於舊時期的一些命理的賦文：包括師父、包括一些古文，都能夠穿透其間、來去自如。

我之所以喜歡命理，其實是因為經歷過很多人生中滄桑及不堪的事，林林總總、數不勝數，但如果硬要拉出一個源頭的話，得從我小時候說起：我曾是一個品學兼優、才貌出眾、人人稱羨的好學生，也是家長、老師們口中的好小孩，不過升上國高中後一切都變了，我的功課突然一落千丈、四處為家，除了感情生活一敗塗地之外，錢財方面也兩手空空，甚至車禍、水厄連連。那不僅是我的生命最低潮、坎坷的時候，也有很多九死一生的驚險時刻。因此，我不免開始對生命產生了諸多的疑惑和好奇。

一次打工的偶然機會，我撿到了一本書，這本書叫做《紫微鏡銓》，當我拿回去翻閱熟背、排列命盤後，才發現生命的過程對我來說是一個功課，是必經過程，那一刻，我才終於釋懷，對自己的際遇完全放下了。而也正因為這本書救了我，我立志要寫更多的書去救別人、幫助別人。

所以我對命理的熱愛，是從紫微斗數開始的。雖然我很年輕就開始接觸這方面的事，但我是一個非常鐵齒，也不相信命的人，而且還脾氣暴躁、任性、無視好友的背叛，連父母的話都當作空話。當時的我，心性桀傲不遜、自以為是，總以為自己是最棒的。但直到看了命盤，我才發現一個共通的道理：「再好的命也無法跳脫運勢的折磨」。後續無論我再怎麼針對這件事苦心研究，我還是不相信，也遲遲無法說服我自己。

於是我轉換方向去廣結善緣，認識一些僧侶，收集一些他們的出生年、出生時間，也曾到監獄去演講，廣為收集犯罪者的資料；到海外帶團時，接觸的客戶更多，我就更不會放過了。就這樣，各行各業的八字紫微命盤都成為了我學習的實際案例。

但這樣還不夠，接下來我做了一些更深入的調查，例如去三太子的廟裡面偷抄一些精神狀況有異的八字，再集合個人的研究資料，累積、彙整起來，簡直是匯集百川於大海，集各個命理案例的經驗於一身了。

其實這也是一段感動自己的過程，我終於相信紫微斗數不是胡言亂語，也不是胡說八道，反倒印證了很多我親自收集而來的案例：水中作塚、半路埋屍、白髮人送黑髮人、墜樓而死……等等。我才發現紫微斗數的博大精深、中國命理的浩瀚，這些絕非是西洋星座可以相比擬的。

每一天、每一年、每一個月，甚至在電視、報紙中看到每一個流年的災難，我都不曾放棄過對命理的研究，進而能夠針對國家運勢、全球的天災人禍，做出精準的預言，而且在我過往的書籍當中，每每都證實了它的準確度。我並不偉大，偉大的是老祖先的智慧。在這之中，我最大的小小功勞是：把艱深的紫微斗數，轉化為白話的紫微斗數；把難以深入研究的命盤，轉換成淺顯易懂的紫微斗數，僅此而已。

我雖致力於此，但不免感慨良多，為什麼西洋星座能夠暢行世界無阻，這麼博大精深、浩瀚偉大的漢人命理——紫微，卻始終裹足不前，甚至被別人視為怪力亂神、邪教邪說呢？相信這也是一件讓台灣命理界痛心疾首的事，於是我將它視為來這個世界的最大功課。但如何把它簡化，讓每個人淺顯易懂到超越自己對西洋星座的理解，就成為了眼前棘手的難題。

也不怕你們見笑，在一次偶然的暴風雨中，我全身淋濕了，卻忽然悟到一個道理：原來紫微斗數的四化，除了是根本之外，也是一個真正入門的鑰匙，想要學紫微斗數，就必須先從出生的年份了解自己、了解四化星裡的星曜特性，只有看懂了四顆星曜產生的微妙變化，才能以淺顯易懂的方式去分析命盤，預知運勢。

突然悟到了這個奧妙的道理之後，人生彷彿一片光明，電視通告接不完，當時它被簡稱為「紫微靈動數」。但由於當時的方向只走農曆生年尾數，成為了跨越國際的阻礙之一，所以我再一次地把它轉換成西元的生年尾數，讓大家先從出生的年份幫自己算命，而不要馬上進入命盤艱深的研究當中，於是有了今日的「紫微密碼」。

分析紫微斗數的快樂跟開運解厄的成長，是我在黎明前發現的一道曙光。希望年輕的朋友，不論男女老幼，歡迎隨時跳入參與。也希望閱讀本書學習紫微的朋友，都能秉持善良的心性去孝順父母、行善助人，心中常唸「南無釋迦摩尼佛」。

風水國師、東方星座原創詹惟中與祖古法王的合照

※本書所有版税捐於印度南卓林寺

（東方星座原創詹惟中出書將近30本，陸續將版税捐於家扶基金會、盲人協會、帶花東單親兒童遊迪士尼、寒冬中送遊民大衣、街貓之家送飼料、捐棺五十八具，今年將持續這個善舉，版税全額捐給印度南卓林寺供養七千名小僧侶，希望拋磚引玉、共襄盛舉！）

鑽石、寶劍、玫瑰、鬼牌

除了苦心研究紫微之外，最大的功課是我必須要回饋這個社會。佛陀上天賦予我這個天賦，讓我能夠聲名大噪，但其實，後續我真正要做的，還是要讓大家知道如何跟我一樣成為風水界的大師。

所以我花了很多的功課跟時間，去破解其中的奧妙、印證命理的諸多觀點，最後發現紫微把人分成十種：甲、乙、丙、丁、戊、己、庚、辛、壬、癸，而紫微四化又把每一種人分成四種不同的特性，以這四個特性去提升自己的優缺點，並且順應著去做預防跟發揮，就是紫微斗數入門的初階功課。

我必須在這裡告訴大家一個重點：身為一位算命師、或者喜歡命理的人，你再會算命、算得再準都是應該的，**如何趨吉避凶永遠比算命更重要**。這也是我們這本書接下來要跟大家深入探討的。

我從來不擔心自己算命的精準度，我曾預言林志玲閃婚、郭台銘選前三天也被我預言退選，包括羅志祥的桃花事件也在八年前完全命中，轟動華人界。當然，台灣藝人寶媽、Kid相繼情變，也在我的預言之中。一路走來，經過印證的預言數不勝數，但這都不是我的驕傲，我真正的驕傲在於如何讓大家共同來學習紫微斗數。

民國一〇三年到一〇六年之間，針對全世界發生預期的災難，小至車禍大至船難，我都能夠完全預言，甚至也曾誇下海口，接受著名預言家的百萬挑戰，甚至千萬都沒問題，那代表什麼呢？那代表我確實有在研究，不但自己研究，而且把舊時代華人那種敝帚自珍，功夫傳子不傳外的陋習，完完全全地掃除。我希望儘管是跟我沒有關係的人，只要是我的讀者，只要是華人，都要扛下這個為漢人命理貢獻的一個精神，將把東方星座提升到超越西洋星座這件事視為使命。

東方星座的重點，在於如何化解災難。而要化解災難，除了必須買這本書、看這本書、了解紫微之外，我們人都有貪嗔癡，看到美女會心動、看到錢會產生妄取的貪欲、被別人辱罵時會憤怒反擊，這都是你我無法違背的人的本性。我經年累月地不停做善事，包括買大衣送給遊民、帶花東的單親小孩去遊迪士尼、捐錢給愛盲基金會，包括買棺材、捐棺幫助貧苦的人，還有捐錢給街貓，讓牠們有飯可吃，這都是微不足道的小事，但是會起到拋磚引玉的作用。上天賦予我上電視出書的機會，也是提升大家對於善念的一個擴充，這本書的版稅也會跟之前一樣捐出去。但重點是：大家如果要解厄祈福求好運，做善事才是真正的不二法門，比看這本書更重要。

叫你出國旅遊很開心，吃好料理、談談戀愛很開心，但只要一講到命理，大家就卻步不前，所以我必須要讓大家知道東方星座有多麼地淺顯易懂，也讓大家學習完之後，都能夠趨吉避凶。

人生不外乎有幾個重點，這本書上都有提到，尤其每個人都想遠離貧苦、追求財富，就算是有錢人也分很多種，有頭腦的有錢人、有房地產的有錢人、有現金的有錢人，還有快樂的有錢人，我們這本書上會告訴大家，甲乙丙丁戊己庚辛壬癸不同類型的人，你要如何去變成有錢人。有錢並不難，除了有錢的命更要掌握有錢的運，即使大富大貴的人，可能也曾經鋃鐺入獄，或者潦倒落魄，所以掌握到什麼叫有錢，有錢的面向、有錢的穿著、有錢的風水，一切都是有講究的，最主要的是：買了這本書會讓你看了更有錢。

從十個天干當中，去抓出你的西元出生年尾數，找到你的紫微密碼，就能看懂此生運勢，了解上天賦予了你哪些賺錢的特性。選錯行嫁錯郎是一個危機，如果不了解自己，又沒有買這本書去參悟，也會讓你走遠路。人生當然要追求財富，但找到一個對的方法，才能夠如願圓夢。

而每個紫微密碼都有四大星曜特性，主導你的人生運勢和個性。第一個星曜是「化祿」，它代表錢財，想到錢財通常會聯想到寶石、珠寶，所以，紫微密碼裡的化祿星，我們就以「鑽石」作為圖騰，用鑽石的概念代表有錢，相信大家都很有感。

第二個星曜是「化權」，很多人說有錢可能是父母給錢，可能是老婆給錢，也有可能是職場給錢，通常權力跟錢財深有關連，做大官任重職大權在握，也可能會有錢，但不是貪汙，這代表他的權力很大，別人賦予他更多的財富，叫做因權得富。紫微密碼裡的化權星，我們就以「寶劍」作為圖騰，告訴你每個紫微密碼想要得到寶劍應該要怎麼做，才不會走偏方向。藉由每個紫微密碼不同的星曜特性，把權勢發揮到淋漓盡致，你才會知道原來要得到權力，是跟什麼有關，也才能更快地平步青雲、捷足先登。

相對地，有人說我無權，家裡非官宦之家，我又無錢，家裡不是富貴人家，我是白手起家的，或者可能是一個一貧如洗的人，無權無富怎麼辦？在這樣的狀況之下，就必須要用你的好名聲，去得到更多的財富好運。在密微密碼中，我們用什麼來代表有名呢？紫微密碼裡的化科星，我們以「玫瑰」作為圖騰，玫瑰代表貴人、好名聲，也代表好桃花，每個紫微密碼都有一朵小王子的玫瑰花，只要掌握自己的玫瑰運，就會人際關係好、人脈好、與人互動加分、得到好的名聲，可能是客戶如過江之鯽地過來，也可能是愛情如雪花般地過來，貴人都來扶持，考試運好，喜上加喜。

每一個不同西元出生年尾數的人，他們都有一個揚名立萬的好機會，從他那個年的那個星曜就可以找到他的喜訊。當然有三喜必有一憂，人生總是會經歷到一些苦難，包括病痛、色誘、血光或無法預期的大破財，每個人都有可能顧左失右顧前失後，不慎就忽略了暗藏的危機。為什麼避凶才能趨吉呢？因為你要站得穩才能跳得高，所以我必須告訴大家，每個不同西元生年尾數的人都藏了一個無法預期的陷阱，這個陷阱既是危機也是劫難，反映了你的個性最脆弱的那一面，所以紫微密碼裡的化忌星，我們以「鬼牌」作為圖騰，鬼牌代表我們心中有鬼，疑心生暗鬼、鬼迷心竅、財迷心竅、色迷心竅，帶來災難。

當你翻開這本書，就能知道你的西元出生年尾數是什麼，找到你的紫微密碼，也了解自己是屬於什麼樣的運、什麼樣的命格，自然就了解以後需要注意什麼事情。這樣一來，既能夠在人生中掌握自我、揮灑自我，也能夠一飛沖天、大鵬展翅，無憂無慮地生活。

而最重要的是：這些跟了你一輩子的鑽石、寶劍、玫瑰跟鬼牌，你永遠無法超脫它的束縛，可能在某一年碰到，可能在某十年碰到，可能一輩子都會碰到。在沒有命盤的情況之下，你必須如履薄冰地去面對這四個圖騰、四個星曜，這是我寫這本書最大的精神所在。一旦你熟讀它，我也將它年輕化，往後你就不會陷入宮位命盤的迷思，而且學習後，也能夠運用在你將來晉升到紫微命盤的下一階段，它對於你繼續學習命理完全不衝突，但也不會因為你學了這個，而跟你後來學紫微斗數產生任何摩擦。

因此，只要你了解紫微密碼並且運用自如之後，你會發現自己的鑽石是什麼？寶劍是什麼？玫瑰是什麼？鬼牌又是什麼？經過某個不是自己生的那年，那個年的鑽石、寶劍、玫瑰如果有重複的話，代表我更加分；如果遇到某一個人，我已經知道他的西元生年尾數是什麼，我就找他的鑽石、寶劍跟玫瑰甚至鬼牌，用一樣的概念去印證，就可以知道這個人對我是加分還是減分了。

聽懂了嗎？讓我們繼續看下去！

東方星座紫微密碼
找到十種東方星圖

想知道今生的貴人是誰、
如何累積財運、又如何遠離災厄？
東方國師獨創紫微密碼，
教你用西元出生年尾數找到你的人生密碼，
累積鑽石、寶劍、玫瑰三大經驗值，
一路成功破關！

CHAPTER 2

0的鑽石

擁有人脈之力，永保熱情有助事業

紫微密碼0的鑽石是太陽星。所以想獲得更好的錢財，紅色及粉紅色的穿著和選擇是首選，由於太陽屬火，坐北朝南的房子會得到相對較多火熱的氣息，也帶來更多財運。而就太陽星來看，太陽代表爸爸、兄弟、老公，千萬別不婚，否則你藉配偶獲利、發財的機率會降低，也不要跟爸爸有太多的衝突，一起衝突，很可能就揮別了財神爺。而且，紫微密碼為0的人生兒子的機率相對高一些，以子為貴。因為你的鑽石是太陽星，所以你從政、經營與交通運輸有關的工作、當空姐空少、開飛機或國際貿易都能賺大錢，且太陽星也代表熱心跟熱情，只要你熱心公益、與人互動加分，或者有益於公共事業，都會讓你得到更多的意外錢財，鑽石獲得連連。跟男性的友人、家屬的互動若是加分，也能夠獲利。以上是太陽星的基本重點，只要掌握就能有所成就。

西元尾數 0

天干／庚

鑽石

化祿

太陽星

0的寶劍

經商奇才，金錢權力一手抓

紫微密碼0的寶劍是武曲星，偏西的方向對於洽商、經商、洽談、簽約格外加分，而無論在職場上或者居家方面的擺設、顏色的選擇，都以白色為主最好，白色的制服、飾品，白色的家飾、金屬，都會增加自己獲得寶劍的機會。由於武曲代表金，金代表金屬之外也代表財富，所以投入在金融界或者從商，都能夠掌握到大好機會，尤其是股票方面，容易得到比別人更多的成功。而武曲既然跟金錢、鈔票、財運相關，除了有成為一個有權力的商人、企業家的潛力之外，在居家的左邊擺上一些金錢紙幣，包括在家裡的存錢筒多放點錢，都是加分。也正因如此，你從事財政、經濟方面，或者公家機關的工作都能夠如魚得水，也能掌握大權。

西元尾數 0

天干／庚

寶劍

化權

武曲星

0的玫瑰

把握女性產業，事業愛情兩得意

紫微密碼0的玫瑰是太陰星，想談戀愛嗎？藍色、紫色、黑色會是你最好的選擇。如果想談戀愛、想得到人脈，很可能在這之中女性的信徒或粉絲特別多，在做決定的時候，盡量考量偏北的方向，尤其多多親近河、湖、海、川這類的環境，那麼你的人脈、桃花會更旺。對紫微密碼0的人來説，需要掌握的一個原則就是「與其向山不如向海」，攝取更多水氣、水的氣息，無形中會為你加分。

而由於太陰星所代表的是女性的長輩，想締結良緣、婚事早成，婆媳的關係要保持得更好，女性長輩的牽線、牽紅線，更是機會難得，與其工作環境萬綠叢中一點紅，不如萬紅叢中一點綠。最好多多結合跟女性有關的工作，美容、美髮、美甲都會加分，跟醫學相關的工作也能夠獲利，得到好名聲，成為名設計師、名髮型設計師、名服裝設計師都是不錯的選擇，這都是跟女性有關的工作，不但能夠得到好的名聲，更能夠得到好姻緣。

西元尾數 0

天干／庚

“玫瑰

化科

太陰星”

0的鬼牌

避染惡習為上策，子嗣緣淺需費心

紫微密碼0的人，鬼牌是天同星，天同屬北，跟「玫瑰」的北有所衝突，也代表吉凶參半，天同星代表吃喝玩樂，也代表好逸惡勞，如果紫微密碼0的人除了好逸惡勞之外，還吃喝玩樂，而且抽菸、喝酒、賭博，染上娛樂方面的陋習，玩物喪志，那麼你可能會走入鬼牌的命運，將會遠離前面得到的三個好運，尤其很多紫微密碼0的人晚輩緣比較弱，不僅沒有得到晚輩的幫忙，甚至還可能被晚輩陷害，因此，在提攜晚輩的同時，也要多跟隨長輩向上提升，才會有更好的成就。

天同代表兒童，也代表子嗣，紫微密碼0的人小孩緣比較弱，有的人生而不養、養而不育、育而不教，有的人會陷入不孕的危機，有的人則可能子女過多無法負荷，讓自己陷入貧窮，甚至災難連連的境地，這對紫微密碼0的人來說是命運的絆腳石，千萬要謹慎。

西元尾數 0

天干／庚

“鬼牌

化忌

天同星”

1的鑽石

擁有群眾魅力，動口即能生財

紫微密碼1的鑽石是巨門星，北方的水是你的賺錢好方向，藍色、紫色、黑色的穿搭跟擺設，絕對是獲得鑽石的最佳選擇。巨門星掌管口才，什麼都有一體兩面，惡則口舌是非，正則能言善辯，如果從事律師、民意代表、演講家、老師這類的工作，能夠口若懸河、滔滔不絕，有很強的群眾魅力，也會因此獲利。如果從事業務，講解如行雲流水一般，深得民心，獲利可期；如果從事餐飲業，將會成為餐飲大亨或是名廚師，你的美食，帶給別人很多口福，也相對地獲利。你最大的優點就是懂得讚美以及講話言之有物，家宅坐南朝北是最好的方向，除了幸運色是藍色紫色黑色之外，如果你居家的環境不會過於低窪，那麼遠離黑暗，將會為你帶來更大的發財空間。

西元尾數 1

天干／辛

鑽石

化祿

巨門星

1的寶劍

處事若謹慎，必得高位

紫微密碼1的寶劍是太陽星，紅色、粉紅色能提升權力，但也容易導致過於倔強，因此決定事情要有所謹慎。坐北朝南或者往南的方向走，會讓你鬥志激昂、衝勁十足，但一樣要有所謹慎，因為它是寶劍，可能也會傷到別人。從政適可而止，但是要居高位，從事公益活動、與人互動相關的行業也能賺錢。以太陽星來看，從事醫學方面，能夠得到權威的地位。而由於太陽代表父親，所以會遇到管教比較嚴厲的父執輩的人，可能是父兄很嚴格、要求很高、衝突多，這時候就要有所拿捏，只要是正面的都要接受。由於太陽是你的寶劍，寶劍過量也可能需要注意行車安全，可能會突然失速、失控。總體而言，紫微密碼1的人在從事公益方面、公家機關方面，或者從事與政治有關的工作都是加分的，相對地環境不能太陰暗，通風要好、採光要好，另外，跟火有關的裝飾品，譬如鹽燈，植物方面紅燭、火鶴，跟紅色有關的物件都是最佳選擇。

西元尾數 1

天干／辛

寶劍

化權

太陽星

1的玫瑰

才華備受推崇，未來可期

紫微密碼1的人，他的玫瑰是文曲星，文曲星屬水，適合坐南朝北，藍色、紫色、黑色會讓你得到人脈跟愛情。文曲的特性就是跟文昌接近，但是它跟學業稍稍不同，是有執照的，什麼意思呢？代表才華出眾、才藝很深，這句話看似抽象，但仔細看就知道，畫畫、雕刻、美術、藝術、音樂、運動休閒，無所不能，在這方面加以發揮的話，可能成為有名的演奏家、魔術師，或者非常卓越的藝術家。如果往這個方向去走的話，將聲名大噪、獲利可期，人生會因為自己的才華橫溢而得到更多的財富、掌聲及愛情。而紫微密碼1的人在追求愛情的時候，因為你的玫瑰是文曲星，所以你有任何的才華要不吝於表現，這會讓更多人推崇、仰慕，進而愛戴你，甚至有喜歡上你的可能，才華是你追求人脈跟愛情的不二法門。

西元尾數 1

天干／辛

玫瑰

化科

文曲星

1的鬼牌

考運偏差，易陷被否定危機

紫微密碼1的鬼牌是文昌星，不要坐東朝西之外，白色的東西也要少用，坐東朝西讓你的考運下滑，而用了白色的東西就更容易讓你的頭腦不清醒。另外，這顆星存在著一個大災難，會跟著你一輩子，叫作執照證書的被否定。可能兩個爸爸，可能兩次婚姻，正式的名份會被否定。從考試運來看的話不能作弊，你幫別人代考，也會馬上被抓，這是文昌星的特性。文昌星會讓你簽字、簽約、背書失敗，只要與文書、動筆有關，就動輒得咎。

對於紫微密碼1的人來說，名分被否定有很多可能，例如對方明明就是你明媒正娶的太太，想不到對方可能重婚，這是名分被否定的其中一個意思，或是我認識這個人，她說她沒有結過婚，後來發現竟然跟別人有婚姻關係，可能有偽造文書的嫌疑或被陷害，這就是紫微密碼1的人陷入危機的開始。而且他們的考運比較弱，尤其有重考的可能，拿外國護照的機率也較低一些，甚至從事文化、文藝、文學、教育類的工作會比別

西元尾數 1

天干／辛

“鬼牌

化忌

文昌星”

人來得辛苦，這是他們最大的危機。

2的鑽石

擁有人緣之力，長輩帶財相助

紫微密碼2的人，你的鑽石是天梁星，天梁屬土，四方土，四方財，米色、黃色、橘色的服飾、飾品的選擇會帶來好財運；東北、西北、西南、西北的坐向選擇也是加分到極致。由於天梁是你的鑽石，你想賺錢，跟天梁有關的都能夠做選擇，我們稱它為醫學醫藥之財，醫師、藥劑師還有公務人員都是天梁的範圍。天梁也代表長者之愛，跟著長輩走，錢財自然有，會得到長輩的提攜是它的特性，而只要維持一顆冰清玉潔的心去工作，錢財自然來，也能備受推崇。在個性上，天梁心性善良，對宗教有虔誠的信仰，因此，只要不貪贓枉法，循序漸進、按部就班地做人處事，都能為自己帶來好財運。

天梁還代表什麼呢？祖產和父母的錢財，當然孝順是我們的本性，但更孝順才有獲得長輩庇蔭跟錢財的好機會。

西元尾數 2

天干／壬

“鑽石

化祿

天梁星”

2的寶劍

靠山強大，事業運飆漲無人能擋

紫微密碼2的人，你的寶劍是紫微星，紫微屬土，無所不在，貴人緣很旺，而且紫微是你的寶劍，代表你的背後都是政商名流、達官顯貴當靠山，你出外工作總是比別人更容易接近到這些仕紳名人。在工作上，長輩的提攜讓你乘風破浪、左呼右應、一飛沖天，想去哪裡都無人能擋。

綜上所述，你的貴人跟你的寶劍就是長輩、長輩、長輩，你對提攜晚輩的力量有限，但是長輩的事情你唯命是從，就能深受好評，在事業上寶劍在握，就如大權在握，發號施令唯你獨尊，這就是紫微做靠山的一個特性。

西元尾數 2

天干／壬

寶劍

化權

紫微星

2的玫瑰

順應本心，掌握友情等於掌握愛情

紫微密碼2的玫瑰是左輔星，聽到玫瑰就會想到考運跟愛情，左輔屬土，多方財、人脈財，廣結善緣財，我所謂的財就是貴人、桃花的意思，很有群眾魅力，講話深受肯定，偶爾變個魔術講個笑話、模仿別人，就會掌聲如雷，這是你的特性，不要壓抑它的發揮。於此同時參加很多的聚會、會議、集團組織，多找幾份差，尤其群眾的差一定不落人後，愛情、事業、掌聲跟考運就都會大大地提升。另外，跟好朋友一起讀書進修，增加智慧也是非常加分的，當你遇到問題的時候，經常是藉由朋友才茅塞頓開，所以你的桃花也來自於朋友的介紹，或者愛情是源自友情、同學、職場之情。

西元尾數 2

天干／壬

“玫瑰

化科

左輔星”

2的鬼牌

遠離金錢紛爭，方能自保

紫微密碼2的鬼牌是武曲星化忌，白色的衣服少穿，金屬的飾品少用，坐東朝西不宜，接近銀行跟金融相關的地方少住。除了金融界從商之外，任何工作都有機會大有成就，但只要碰到錢、碰到股票、碰到鈔票、碰到跟金錢往來的工作，都會陷入鬼牌的迷失。你的一生中很容易被倒或跳票，從商資金的週轉是零，玩股票屢屢破財，金錢的借貸有去無回，跟錢有關的工作，出納、會計、銀行家，包括經商都會是你人生最大的危機。假如一心想經商、做生意，都特別容易失敗，除非經長輩提攜，借助寶劍，才能夠一呼百諾，因此，一定要有長輩的提攜才有可能從事相關的工作，否則很容易被跳票，或玩股票陷入一個大危機，一步錯步步錯，導致無法善終，所以要記得遠離金融、金錢遊戲的糾葛，才能夠一生遠離災難。

西元尾數 2

天干／壬

化忌

武曲星

擁有冒險之心，適合稽查及開創性工作

紫微密碼3的人，你的鑽石是破軍星，既然鑽石就是發財的方面，破軍屬水，所以藍色、紫色、黑色帶財，偏北、正北都是好的選擇，河、湖、海、川相關的寧靜環境都可以選擇，而破軍所代表的職業是稽查、查核相關的工作，公正不阿、有話直說，令你備受肯定；另外一個職業可選先敗後成、二手、中古、骨董相關的生意買賣，都會讓你有利可得，例如二手汽車、二手房仲，包括骨董的東西都是加分。另外還有一個特殊的行業適合紫微密碼3的人，就是比較開創性的工作，他們有亂世英雄的格局，不喜歡墨守成規、按部就班，反而看到東西會想破壞，破壞之後再創造新的格局，例如行銷企劃這類有突破性、改革性的工作，很可能是他們的選擇之一。

所以，要有挑戰性的工作你才願意接受，包括冒險的工作。而別人不敢做的，你既然敢做，就能夠獲利，**你的寶石藏在冒險之中**，具備改造的決心才能夠獲利。當然，像是敲除業或者拳擊運動方面，也屬於我們說的具有破壞性的工作，這些都會為你加分。

西元尾數 3

天干／癸

“鑽石

化祿

破軍星”

3的寶劍

口才美食皆吸金，名聲帶來權力

紫微密碼3的寶劍是巨門星，他們口若懸河，講話直來直往，但又一針見血，如果從事律師業或民意代表，為民喉舌，有話直說，善用自己的優勢，就容易成名。同樣地，演講時如果能鏗鏘有力、振振有詞、感動人心，也會成為偉大的演講家。巨門的寶劍也代表從事進出口相關的工作或餐廳，專精學習特定的料理，有助於聲名大噪，顧客會非你做的料理不吃、非你做的餐點不買，而你將會成為蛋糕大亨或是日本料理大亨、餐飲大亨、美食大亨，這是你的執著，創造出無法取代的好口碑，這除了稱作「口才生財」之外，也稱作「美食生財」，你會因此得到更大的權力。

西元尾數 3

天干／癸

“寶劍

化權

巨門星”

3的玫瑰

珍惜貴人及桃花，把握與媽媽的互動

紫微密碼3的玫瑰是太陰星，太陰偏北、喜水，所以坐南朝北最好，藍、紫、黑是幸運色，太陰帶來掌聲、帶來桃花以外，太陰也代表媽媽，所以你們的媽媽、你們的太太、你們的女性親屬，都非常支持並且肯定你們，給你們很好的力量跟鼓勵，在逆境中她們是貴人，也是重要的推手，所以女性的家屬、朋友是你們最不可或缺的成功助力。

由於太陰帶來貴人、桃花跟人脈，從事居家風水、環境保持及相關的房地產、裝潢、家具有關的工作，都能夠獲得好名聲。適合的職業是建築師、土木工程師，醫學、醫藥方面的工作也會加分，這是因為你們先天本命跟月亮有關，加上與太陰星相結合，因此想結婚也是靠女性朋友介紹，或者老師長者的介紹，更容易遇上好的姻緣。此外，也要好好珍惜、把握與媽媽的互動。

西元尾數 3

天干／癸

“玫瑰

化科

太陰星”

3的鬼牌

把持自己，遠離愛與名利的誘惑

紫微密碼3的鬼牌是貪狼星，你們通常成也感情、敗也感情，一生當中為情痴狂、付出，愛得很深，但遭劈腿的機率也很高。貪狼星顧名思義，以男生來說不可貪得無厭，在職場上會貪污舞弊而鋃鐺入獄，甚至貪心惹人厭，女生也可能因對感情過於執著、投入，無法自拔而深深受傷，甚至會有兩次婚姻或被劈腿的危機。貪狼這顆星有著過於複雜的人際關係，對你來說不好處理，而且如果無法把持住名利的誘惑，將帶來更多的危機。

紫微密碼3的人必須要在長輩扶持的情況之下，專注於自己的事業，而且，具有挑戰性的工作才是你真正的永恆之道，藉由異性攀龍附鳳，或藉由愛情想大獲成功，反而會成為你的阻礙。綠色、墨綠色的衣著、物件少用，也要避免坐西朝東，掌握一個重點：居家的木頭、木製飾品、擺設跟盆栽宜少不宜多，才能夠遠離不必要的情傷與因判斷錯誤而過於貪心的投資，導致無法獲利。

西元尾數 3

天干／癸

“鬼牌

化忌

貪狼星”

4的鑽石

擁有權威之力，擔任公職大權在握

紫微密碼4的鑽石，我們稱它為廉貞星，而他的鑽石本身五行中屬陰火，也是一顆甲級星。要是想得到這顆鑽石，一定要記得它代表的是權威的力量。因此，如果從政或擔任公職的話，是非常適合的，而且大多都能大權在握，尤其跟司法、法律有關的工作，能夠讓自己的財富向上提升。另外，在感情上，異性的喜歡也能讓你乘風破浪、勇往直前。

而這顆星的其中一個特性就是勞碌命，勞而有功，儘管可能因為工作會需要不停地奔波，但如果從事跟法律或交通運輸相關之類，需要東奔西跑的工作的話，會是一個提升財富的大好良機。

廉貞星的另外一個特性是：比較容易懷才不遇，要選擇對的行業、對的環境、對的方向，才有機會領到高薪，千萬不要貿然做生意，或過度求取功名，否則很容易誤入歧途。另外，由於你的個性偏向近朱者赤近墨者黑，所以必須要慎選周遭的朋友和環境的好壞，成就者可能成為法官、律師、司法官，但只要稍有不慎，也許就淪為劫財劫色或者帶刀闖空門的囚犯。因此，在環境不穩定的情況之下，紫微密碼4的人還是要以任公職、安居樂業，安分地在大公司上班為優先，才能將商機跟勝券掌握在自己手上，得到財富的機會也會隨之提升。

西元尾數4

天干／甲

“鑽石

化祿

廉貞星”

4的寶劍

亂世英雄型命格，勇於革命再創佳績

紫微密碼4的寶劍是破軍星，「破軍」代表破耗、先敗後沉，想得到更高的權力，必須要有破釜沉舟的革命決心跟行為，舉例來說：拆除業、土木業、軍人、爆破行業，包括所有先毀滅後再創造的工作，都很適合紫微密碼4，會在職場上有至高無上甚至無法取代的權力。和「破軍」比較有關連的親屬關係是：藉由好的夫妻緣分甚至有成就的子女，包括靠朋友左呼右應，都能夠一呼百諾，廣結善緣。

這種星曜的人儘管在早期通常伴隨著暴躁、衝動的個性，但只要把這些都化為勇敢、正直與開創性，就能夠突破心理障礙，避免因為個性耿直、倔強暴躁而引來破財、失和或與人爭執的危機；只要把這種個性放在工作上，去研究、破解、突破，就可以創造良機。

先破壞再創造，是紫微密碼4的人想拿到寶劍的最好做法。你們屬於亂世英雄命格，總是要經歷一番爭鬥、革命之後，才能得到這把寶劍！也往往能夠亂中取勝，在戰亂或

西元尾數 4

天干／甲

寶劍

化權

破軍星

爭執之中，都是拿寶劍的最佳人選。因為「破軍」屬水，往北方走，藍色、紫色、黑色都會為你加分。

4的玫瑰

財運帶來好運，人生邁向新階段

紫微密碼4的玫瑰是武曲星，在五行中它代表的是金，主要代表的就是財富。你想得到好的考運、好的桃花、好的人脈，竟然是要靠財運，怎麼解釋？其實很簡單，你有了錢，可以送給朋友小禮物，會得到掌聲跟好名聲，你有了這個武曲的財的特性，送小禮物給你心愛的人，能夠博得芳心。武曲所代表的就是一個財源廣進的財神，而這顆星我們稱它為金，如果你穿白色的衣服，或往比較偏西的方向走、或坐東朝西的門，都可以提升好的財運。當然我們說到玫瑰，主要是要追求好人緣、好桃花，以這個角度來看，你如果是一個銀行家，將會超越別人，如果是一個金融家或生意人，有可能賺大錢，但因為它是玫瑰，所以你是一個有道德的商人、有名望的品牌，而不是以錢滾錢的商人，你只要做出口碑，大家便會紛紛跟你下訂單。

這顆星很大的特性就是，如果你住的地方跟銀行接近、你接近的朋友都是有錢人，那麼相對地也會吸收到對方的財氣，你的玫瑰也會更加成功。玫瑰也代表異性，你可能會因為交往有財富的異性而近貴得貴、近財得財，掌握人生向另外一個層次突破的方法。

西元尾數 4

天干／甲

“玫瑰

化科

武曲星”

4的鬼牌

過於熱心越幫越忙，注意交通安全

紫微密碼4的人，你的鬼牌是太陽星，對於太陽星帶給你的災難，不可不慎。除了小心翼翼之外，更要知道什麼叫作太陽？太陽代表的是熱心公益，你必須要有慈善的心，這也是太陽星本身最大的意義。但是你付出的同時，經常會陷入越幫越忙的危機，此時你就要有所拿捏。其次你的鬼牌既然是太陽星，太陽星所代表的就是眼睛，跟眼睛有關的工作，或者容易傷害眼睛的工作，你要避而遠之，避免因此為自己帶來災難。

太陽星更代表著政治，所以紫微密碼4的人，你從政的話會比別人更危險，遭遇的挫折更多，甚至被誣陷迫害而鋃鐺入獄都有可能，而太陽星既然是你的鬼牌，就等於豬羊變色的意思，跟太陽有關的東西都是你的災難。太陽也代表爸爸、兒子、以及老公，經過我長年累月的印證，紫微密碼4的人不是無父，就是只生女兒，要不然就跟老公聚少離多。

另外，太陽也代表著運輸相關的事，例如運動、交通，交通安全方面更要小心翼翼，謹慎為上，不要陷入了鬼牌的迷思跟陷害，盡量遠離不必要的災難和危險。

西元尾數 4

天干／甲

“鬼牌

化忌

太陽星
”

5的鑽石

擁有智慧之力，頭腦靈活出人頭地

紫微密碼5的鑽石是天機星，天機屬木，適合東方，幸運色是綠色。天機所代表的特性有以下幾個，提供給大家參考。天機星代表足智多謀、頭腦靈敏並且能夠舉一反三，也跟宗教有某種程度的契合，所以如果你是一個發明家、創造家，將會頭腦靈活，得到殊榮，甚至可以成為當代的愛迪生；如果你是一個數字概念很好的人，也願意鑽研數字的話，可能成為一個會計師，在理財、作帳方面，也能非常成功。從企劃行銷的角度來看，你的頭腦靈活、轉動快速，從事廣告的行銷企劃，有出人頭地的機會。而由於天機跟宗教有關，如果你要成為一代宗師、一代名師，研習命理或宗教的詮釋，也一樣會備受肯定，只要能夠被肯定，那麼自然會受到供養。

以上所建議的理想職業都是鑽石一顆一顆地進來，所以只要選擇對的行業跟方向，紫微密碼5的人就可以高枕無憂了。

西元尾數 5

天干／乙

鑽石

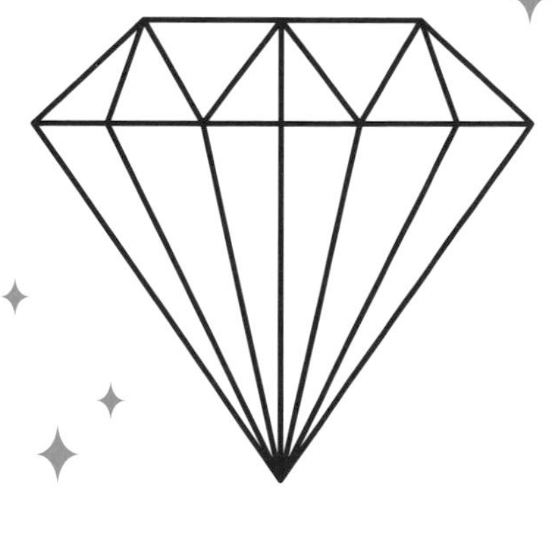

化祿

天機星

5的寶劍

性格良善長輩緣佳，慎選行業才會快樂

紫微密碼5的寶劍是天梁星，天梁屬土，無所不在，米色、黃色、橘色都是得到權力的最好加分。而且，天梁顧名思義與善良有關，代表你的心性冰清玉潔，愛幫助別人，自視甚高但是不與人同流合污，這種清高的個性從事電子、科技、宗教、慈善、公益事業，包括醫學、醫藥方面，都能夠大有成就。而由於天梁本身跟長輩有關，代表你長輩緣很好，在他們之間頗受好評、口碑相傳，所以只要好好抱著長輩大腿不放，就能夠乘風破浪、順勢而上。

另外，天梁這顆星代表的是心性純正善良，所以千萬不要去從事激烈，或者爭執性過多的工作，否則容易造成自己個性上的矛盾及不快樂。紫微密碼5的人基本上依照方才寫的五行、方向和穿著顏色去做選擇，自然就可以寶劍在握、大權在握。

西元尾數 5

天干／乙

寶劍

化權

天梁星

5的玫瑰

人際關係帶來好桃花，有躋身權貴的機會

紫微密碼5的玫瑰是紫微星，紫微星屬土，土屬四方無所不在，也代表米色、黃色、橘色。從老闆、帝王、大統領、社長、部長，只要是職場上的長輩，都是讓你得到好名聲、好考運、好桃花的代表，什麼叫好考運呢？聽長輩、師長的話，就能考運亨通；藉由師長、工作職場上長官的介紹，也能夠得到好的桃花，而且，好的文憑或好的桃花更能夠帶動長輩對你的賞識，這是因跟果、果跟因的互動。因此我要告訴紫微密碼5的人，你希望有好的人脈嗎？並不是從平輩著手，而是跟每一個職場上的長官打好人際關係，人脈就唾手可得。針對桃花的部分，如果有年長之愛、年齡懸殊的真愛，也是一個考慮的方向，換言之，可能因為桃花姻緣，得到攀龍附鳳的機會，這時候千萬不要跟好運說不，而錯失成為權貴之人的良機。

西元尾數 5

天干／乙

玫瑰

化科

紫微星

5的鬼牌

遠離水邊忌熬夜，對母親要多付出

紫微密碼5的鬼牌是太陰星，太陰星屬水，偏北，藍、紫、黑少用，海、湖、河川少去，水上遊樂設施、海上遊樂設施，最好敬而遠之。太陰星也代表另外一個意義：媽媽。紫微密碼5的人先天母愛不足，母子、母女衝突比別人多，在孝順上要更加地付出，不是媽媽要來跟你討，因為那是你累世的債。

而紫微密碼5的鬼牌，還有一個需要注意的問題：居無定所、日夜顛倒。別人熬夜可能功成名就，但你一熬夜可能就是疾病纏身、噩運連連，尤其是夜晚行船、行車或出勤，夜間的工作對你來說都是一個阻礙，會影響你的成功，使你成為人下人。另外，在選擇工作以及擇友的同時，要注意到太陰屬女性，女性的小人會嫉妒你，女性的背叛者也會特別多，加上你本身又是容易疑心生暗鬼的性格，生性多疑，如此一來你很可能陷入迷思，與鬼牌接近而造成更多阻礙。因此，你必須要接近更多有陽光或者通風好的地方，還有選擇高樓層的房子，才能夠跟這個危機說再見。

西元尾數 5

天干／乙

“鬼牌

化忌

太陰星”

6的鑽石

擁有童心，美食及娛樂產業是獲利捷徑

紫微密碼6的鑽石是天同星，天同星本身屬北，喜歡水，所以坐南朝北，跟藍紫、黑色接近的色系都加分，會為你增加財運。而天同星本身代表的就是「同」，與兒「童」的童同音，它也代表著我們所說的童心未泯，擁有一顆喜歡享受、安逸的心，因此，千萬不要好吃懶做、好逸惡勞；反言之，跟享受有關的工作都能夠賺大錢，娛樂界、演藝圈、幼教工作，或因為小孩子富貴，你也能得到更多的富貴。另外，天同星也代表著吃喝玩樂、享用不盡，吃，開餐廳，穿，賣服飾，只要跟享樂有關的，影劇業、玩樂業、遊樂場相關的，包括小小的博弈，不是叫你賭博，是從事博弈的工作，也能夠獲利，這是紫微密碼6的人想拿到鑽石的一個方法。

西元尾數 6

天干／丙

鑽石

化祿

天同星

6的寶劍

宗教助你培養心性，職場易獲肯定

紫微密碼6的寶劍是天機星，簡言之，天機星既然是你的寶劍，那麼跟天機有關的都要懂得去把握，天機代表木，森林的工作、往東方的工作，跟盆栽園藝相關的擺設，都能讓你拿到寶劍；天機也代表宗教，你對宗教信仰一旦很虔誠，而非著魔、著迷，那麼你在做人處事上會信心百倍，思緒判斷也能做到豁達超然。這對你從事創造、設計、發明，甚至行銷的工作大有助益，既能夠讓你在職場上更加受肯定，也能讓你大權在握。以上是天機星拿寶劍的不二法門，只要了解自己生命的特性，再將天機星的特性加以發揮，當然就能先馳得點。

西元尾數 6

天干／丙

“寶劍

化權

天機星”

6的玫瑰

藝文天分極高，才華帶來好桃花

紫微密碼6的玫瑰是文昌星，你想得到愛情嗎？你想得到更多的掌聲嗎？文昌星既然是你的玫瑰，就代表你從事考試、文藝、文化、文學相關的工作會得到更多的粉絲。如果再加上你有高學歷、高文憑，或某種特殊的才華，那麼追求者眾，好桃花自然不在話下。

執照就是文昌，文昌走的就是一個執照財，高考、普考、醫師、工程師、會計師的執照都算在內，而一旦你得到了高學歷，或者這個執照的認同之後，那麼你的人脈除了讓你左呼右應、一呼百諾之外，追求你、喜歡你的人會更多。另外，它本身屬金，西方的金，所以白色是幸運色，跟金屬有關的，例如黃金飾品、金銀銅鐵一類的風水擺設，都會為你加分，帶來好桃花。

西元尾數 6

天干／丙

“玫瑰

化科

文昌星

”

6的鬼牌

心性過高，切勿行差踏錯招致禍端

紫微密碼6的鬼牌是廉貞星，這是你生命中最大的絆腳石。狂妄自大、自以為是、桀傲不遜、目中無人，是你人格特性的鬼，你必須把它拿掉。廉貞也代表火，不要貿然發脾氣。它的另外一個意義代表官司，因此壞事不能做，壞事當然每個人都不能做，但在紫微密碼6的人身上更是禍上加禍，打官司會輸、偷搶拐騙馬上被捕，甚至可能為別人背黑鍋而鋃鐺入獄，我們稱它為訴訟失敗、小人累犯。另外，因為這顆星狂妄自我、自大的危機，使你如果穿金戴玉出外，容易成為別人打劫，甚至劫色的對象，居家東西被偷，出去車子被竊，包括身上的飾品不翼而飛都有可能，歹徒最喜歡下手的正是紫微密碼6的人。除此之外，你一旦走險路、犯罪的話，也會鋃鐺入獄，因此要非常注意這一點。紫微密碼6的人盡量少往南方走，火氣不要太旺，紅色少用，才能夠化解危機。

西元尾數 6

天干／丙

鬼牌

化忌

廉貞星

7的鑽石

擁有貴人相助，女性都是你的貴人

紫微密碼7的鑽石是太陰星，屬水，水的意思就是坐南朝北，無論你的座位、買房子的坐向，包括你要去發展的國家或地區，偏正北都是好的，如果接近比較寒的地方也是加分的，因為寒的氣息，會讓你帶來更多的鑽石。

太陰星的鑽石也代表媽媽的意思，所以能夠跟媽媽的關係處得很好，而且女性是你的貴人，例如職場上的女性貴人，呵護你如自己的女兒，你才有更多得到財富、加薪的機會。除了母親，從整個親屬關係來說，太陰屬柔，女兒、姊妹都是你拿到鑽石的好機會，真的不幸的話，跟她們借個錢調個頭寸都大有機會，或是跟她們一起做生意、相輔相成，這些都是求財好方法。

太陰星另外有幾個意義：一是航運及和水有關的工作，舉例來說，水族館、航海公司、船運公司之類的，都能夠讓你賺到錢；二是代表房地產，室內裝潢、室內設計、建築業；三則是醫學、醫藥業，所以相關的工作也都可以去學習。當然不一定專指當醫生，

西元尾數 7

天干／丁

“鑽石”

化祿

太陰星

在藥廠上班、醫院當行政，或是傳承媽媽的事業，都非常好，這是太陰星的特性，掌握到好的人脈、好的環境、好的工作、好的顏色、好的方向，自然就會有好的結果。

7的寶劍

會受晚輩推崇，幼教娛樂開創事業版圖

紫微密碼7的寶劍是天同星，天同星屬北，也代表水，在同樣的職業之中，你只要往北的方向做選擇，就能得到更高的權力跟肯定。你的制服、你平常的穿搭則要選擇藍、紫、黑色系，它們會帶給你力量，讓你信心滿滿。

而天同星既然是你的寶劍，代表你在幼教、娛樂方面會出人頭地，也許成為某某明星，也許在幼教、補教界出類拔萃，成為領頭羊，這是因為晚輩、小朋友看到你會格外地推崇的關係。因此，在娛樂界、卡通或是虛擬的網路世界當中，你都能夠創造出一番天地，掌握無人取代的地位跟名利。

西元尾數 7

天干／丁

“寶劍

化權

天同星”

7的玫瑰

森林系提升運勢，挑對工作增加氣勢

紫微密碼7的人如果想走向玫瑰，就必須知道他的星曜是天機星，天機屬木，偏東，如果工作性質產生了兩個方向，一個是海邊，一個是森林，要選擇跟森林接近的環境。再來，你用的家具可以用金屬的，也可以多多選擇木頭的，居家的環境或者辦公室放一點盆栽，吸收木的氣息，會讓你的人際關係跟桃花更成功。而同樣是行政工作，選擇設計、發明、會計、會統，創造類的工作，能充分發揮你靈活的頭腦，讓你散發出無人抵擋的魅力。尤其在設計行銷、企劃方面，你能夠得到更多的口碑跟肯定，這是紫微密碼7得到好名聲、好人緣、好桃花的方法。

如果你要追求愛情，坐西朝東的床位和房間，以及居家多多選擇綠色的物件、木雕的擺設，都會得到好人脈、好桃花、好考運。

西元尾數 7

天干／丁

“玫瑰

化科

天機星”

7的鬼牌

留意口舌糾紛，連病都從口入

紫微密碼7的鬼牌是巨門星，巨門是屬水的星曜，代表往北方走是最好的，也要多多選擇藍、紫、黑這三個幸運色。不過，就像很多事都有上上籤和下下籤之分，巨門在顏色的選擇上是比較抽象的，例如當你遠行到他鄉異地的時候，如果穿著過黑的顏色，就會造成很多的阻礙，這點可以斟酌參考就好。

巨門星有幾個地方一定要小心的，例如口無遮攔、言不由衷、講話懂一百卻表達五十，或者講得多、做的少，都會是生命中的阻礙，阻擋你賺錢、阻擋你的人際關係、阻擋你的升遷。由於巨門星代表的就是我們常說的口舌之禍，因此要留意禍從口出，如果一向有心口不一的壞習慣，最好趁早改掉；但如果心口一致，但講話直來直往得罪人，或者口出穢言、滿嘴髒話，也將成為人生的一個危機。女生方面，可能容易對家庭關係沒有安全感，懷疑老公偷吃、小孩曠課、父母不愛你等等，疑心生暗鬼，都會造成人際及愛情關係的下滑。

在職業上，紫微密碼7的人在口條上天生吃虧，也許懂得很多，但敗在無法清晰地

西元尾數7

天干／丁

鬼牌

化忌

巨門星

解說事情，別人容易對你的話打折扣，如果從政或當律師、命理師，職涯比較有阻礙，可能會大起大落。另外還有一個大危機，就是腸胃及牙齒容易出毛病，或因蛀牙而產生口臭，這些都是身體敗壞的警訊，不得不謹慎。

8的鑽石

擁有靈巧之心，適合電影、媒體業，鬧中取財

紫微密碼8的鑽石是貪狼星，貪狼星顧名思義，本身屬木，偏東方，綠色、墨綠、淺綠是幸運色，讓你錢財滾滾而來。木也代表著樹及園藝盆栽，在穿戴飾品、居家擺設，規劃辦公室方面，相關色系及擺飾都會是你的首選。而除了從五行來看以外，貪郎星的特性就是鬧中取財，你要求財就要到人多的地方，例如市集。並且，除了去人多的地方，工作也要選擇與人互動頻繁的類型，才能讓你賺到錢。貪狼同時也代表吃喝玩樂，所以高歌一曲、大談闊論，與人互動相對多的時尚行業，或是跟電影、媒體相關的工作，都能夠讓你揚名立萬、心想事成，鑽石獲得連連。

貪狼這顆星也象徵餐飲業、娛樂界、歡樂界，當然這些產業稍有不慎也可能會讓你墜入風塵跟是非，要有所拿捏。而且，貪狼更代表桃花，跟桃花相關的工作，就是婚姻仲介相關的工作，能夠讓你從中獲利，得到相對高的地位。貪狼既然代表桃花，等於你是從桃花中獲得鑽石，所以如果談戀愛，要跟多金的異性談戀愛，才能夠順水推舟、乘風破浪，讓你得到更多鑽石。在此之中，雖然不敢說能夠結為連理，但至少因為異性的

關係，你大有攀龍附鳳、向上提升的機會。而在眾多星曜中，貪狼是代表繽紛的一顆星，因此從事服飾業也並不衝突，鬧中取財、經營熱鬧的人際關係、應酬交際及會議的參與，都能夠讓你左右逢源。

西元尾數 8

天干／戊

“鑽石

化祿

貪狼星”

8的寶劍

女性貴人眾多，向北發展更有優勢

紫微密碼8的寶劍是太陰星，你想得到這把寶劍、想權力在握，媽媽、阿姨、姐姐、妹妹、女兒都是你的靠山，往北的區域、國家、公司去發展，更能有所成就，廣州跟上海做選擇的話就往上海走，台北跟高雄的話就往台北走，那麼你在工作職場上獲得肯定、權力在握的機會就相對大。當然如果制服跟藍、紫、黑色相關的行業也可以選擇，在同樣的條件下，航運、海運、空運中可以選擇海運，而建築業更是你的首選，跟建築相關的行業，例如土木、設計、行銷、家具、家飾，都能夠讓你在這方面得到成就。

另外，在你想得到寶劍的同時，也會因女性貴人的提拔而大有成就，在職場上跟女性相關的工作，只要你能夠投入去做，便能夠大權在握。這顆星所代表的就是秉持著媽媽及女性長輩對你的加持，或作為依靠，可以左呼右應、一呼百諾。不要忘了，藍、紫、黑跟偏北的方向，都是人生最佳選擇。

西元尾數 8

天干／戊

“寶劍

化權

太陰星”

8的玫瑰

不宜單打獨鬥，朋友帶你開創新版圖

紫微密碼8的玫瑰，我們稱它為右弼星，右弼屬土，土屬四方，東北、西北、東南、西南都適合你。而我們聽到右弼就知道，想得到好的考運跟人脈都是靠右弼，顧名思義，它就是左呼右應的意思。人脈、人脈、人脈，朋友、朋友、朋友，尤其肝膽相照、結為兄弟的朋友，是成為你好人脈、好考運跟好名聲的依傍，你的做人做事可以靠好的朋友口碑相傳，使你的商譽得到更好的肯定；想追求愛情也可以藉由朋友的介紹跟帶動，因而跟朋友的朋友認識，得到好桃花。

由於它屬土，米色、黃色、橘色作為你的幸運色，跟你的桃花臥室所選用的床單和花色，也是加分到極致。而既然說到考運跟人脈，你適合從事合夥及連鎖事業，你不是單打獨鬥的類型，參加合夥或是連鎖事業，例如跟朋友合夥做生意開創新的事業版圖，都是加分到極致的選項。所以只要足夠了解自己，就會知道你自己的桃花跟考運需要由什麼來成就，進而成長。

西元尾數 8

天干／戊

玫瑰

化科

右弼星

8的鬼牌

避免過勞，適度放鬆遠離壞情緒

紫微密碼8的人，鬼牌是天機星，以生理疾病來看，肝機能不好，以危機來看，天機代表親兄弟，兄弟姊妹的災難可能會連累你。天機也代表宗教，過於信仰著魔而走偏的可能性偏大，這會使你精神渙散、多慮，甚至導致憂鬱。另外，天機也代表用腦過多，過度到使你積勞成疾，才成為危機、成為鬼牌，所以要適可而止，盡量讓自己快樂、開心地工作，才能夠遠離鬼牌，否則就如上述所說，會有職業病、憂鬱症，多慮的危機，甚至對宗教信仰產生偏差而走火入魔。

天機除了肝臟以外，也代表燥熱的體質，這會為你帶來更多的危機跟恐慌，所以在選擇的同時，一定要頭腦清醒，免得害自己掉入更大的困難及恐懼之中。在行業別方面，精算、計算類型的工作，以及設計師、創造家、會計師對你來說是莫大的壓力，如果有所選擇的話，應該做其他的工作，才不會讓你事倍功半。

最後，偏東的方向跟綠色雖然能讓你獲得寶石，但在使用的同時也要記得有所拿捏。

西元尾數 8

天干／戊

“鬼牌

化忌

天機星”

9的鑽石

擁有絕佳財運，金融業助你獲利

紫微密碼9的鑽石是武曲星。如果要得到更多鑽石，白色的衣服，或者接近白色的飾品、穿著選擇是不二之選。另外，坐東朝西，跟金屬相關的居家飾品或耳飾穿著、戒指項鍊也是會帶來好財運、讓你得到鑽石的最佳選擇。因為你的鑽石是武曲星，所以只要跟武曲相關的工作有所牽扯、結合，都是加分。而武曲其實就是錢財，跟錢財有關的工作，金融家、銀行家、會計、管帳、出納，包括做生意、國際貿易，做一個在商場上叱吒風雲的人，這些都大有機會。

除此之外，你住的房子跟銀行盡量接近，或者多交金融界的朋友也會加分，就你適合的工作來說，從商、從商、從商，甚至小玩股票都能夠有所獲利。又因武曲代表金錢，在居家環境中可以多放一點存錢筒，另外，由於西方屬金，金屬相關的飾品放在辦公桌上、臥室、書房，都會帶來更多獲得鑽石的機會。

西元尾數 9

天干／己

“ 鑽石

化祿

武曲星 ”

9的寶劍

企圖心攸關成就，應酬交際勿缺席

紫微密碼9的寶劍是貪狼星，要是想得到權力、得到更高的社會地位，那麼綠色的盆栽、跟森林接近的環境，還有木頭家具的使用，都能夠讓你大權在握、信心滿滿。且由於它屬木，所以墨綠、淺綠、綠色系的飾品，都可以作為你最好的選擇。

貪狼最大的意義就是吃喝玩樂，娛樂界、婚紗、婚仲、婚友社，都是你能夠有所成就的，尤其是繽紛的服裝界，時尚、媒體一類與人應酬交際頻繁的工作，你必不可以缺席，因為這些是讓你在職場上更能發揮得淋漓盡致的工作。貪狼星也代表你要有企圖心，才能夠更有成就。而貪狼正好喜歡戀愛的感覺，如果跟異性一起工作，男跟女、女跟男，會因為相互的扶持，使你的事業得到提升。

西元尾數 9

天干／己

寶劍

化權

貪狼星

9的玫瑰

做事公正獲口碑，長者緣分須把握

紫微密碼9的人，玫瑰是天梁星，玫瑰代表人脈、愛情，而由於天梁也代表年長的人，所以可能是長者之愛、忘年之交。天梁屬土，米色、黃色、橘色的穿著都是帶來好人脈、好桃花的選擇。

另外，天梁有一部分跟宗教有關，也代表你天性善良的性格，既然要得到好的人脈就不能夠有任何貪念，而且做事要公平、公正、公開，藉由這樣的行為，你清高的個性會得到更多的支持、肯定及崇拜，只要讓大家認識到你心性的善良與冰清玉潔的個性，他們就不會在做事方面懷疑你，或者指控你、說你閒話，反而將對你更加地崇拜，你的桃花也會相對提升。

說到桃花，除了前面所說的年齡差距、忘年之交之外，它也代表著長輩的介紹，容易因此得到好桃花。最後，針對考運的部分，考科技業、醫學界或企劃方面的工作，都能夠讓你得心應手。

西元尾數 9

天干／己

玫瑰

化科

天梁星

9的鬼牌

心軟則力不從心，耿直易有危機

紫微密碼9的人，你的鬼牌是破軍星。破軍本身屬水，北方、寒帶的地方少去，河、湖、海川也要少去，旅遊除外。而藍、紫、黑色也盡量少碰，不是不用而是少碰，因為它們會形成你做事的阻力，創造出更多阻礙。由於破軍帶來鬼牌，所以跟破軍有關的東西都盡量少碰，中古業、骨董業、中古汽車、二手貨，你經營的話會比別人更容易買到假貨或瑕疵品。

破軍也代表營造、環保、稽核、稽查相關工作，因為你可能心性善良，過於軟弱，所以面對這方面的事情容易力不從心，這樣也會造成官運、人際關係的下滑。除此之外，破軍代表的是心肺的功能，肺部、支氣管、過敏性體質的危機，將會危害到你中晚年的生活跟健康狀況，不可不慎。由於你的鬼牌是破軍星，因此，如果你的個性是屬於直來直往、有話直說，得罪人無數的性格，你將面臨事業的絆腳石，甚至可能因此姻緣斷絕。所以心性耿直的你，要適度隱藏性格上的缺點，才不會造成工作、事業、財富，甚至婚姻的危機。

西元尾數 9

天干／己

“鬼牌”

化忌

破軍星

抽掉人生的鬼牌

每個人的一生中都內建無法避免的災厄，
透過紫微密碼找出主導苦難的星曜，
了解危機可能發生的地方，
透過風水與修身養性來預防，
就能抽走手中的鬼牌，重獲一手好牌！

CHAPTER 3

西元尾數 0

天干／庚

抽掉0的鬼牌

破解天同星化忌

針對紫微密碼0的人，由於他的鬼牌是天同星化忌，與生俱來的特質是安於現狀，不願投入付出，因此在事業中，你一旦陷入了這個鬼牌的迷失，可能就會不求上進、不知努力、勤奮不足。如果陷入了宿命流年中，父母宮也有這樣一個碰撞的同時，可能代表父母安於現狀，無心照顧他，讓他必須要自己打拼。這也因此帶來了一個危機，你很容易沉迷、欲振乏力，進而玩物喪志。到最後，甚至可能因為過於沉迷運動、休閒活動，而造成職業病或娛樂病。

再加上這顆星曜會讓紫微密碼0的人停留在童心未泯的階段，也就是俗稱的公主病、王子病。也許你容易安於現狀，衝勁不足，在生活跟子嗣上比較消極。而在夫妻關係中，一旦

流年陷入這張鬼牌，可能會嫁給或者娶到較為幼稚、無理且蠻橫的對象。

貴人：紫微密碼6＋7

紫微密碼0的人一旦陷入上述的危機，紫微密碼6的人就是你的貴人，也是你解牌的不二法門。如果你當時正好遇到紫微密碼6的人，和他結婚，人生會更加地勤奮，從此財運提升、左右逢源。同樣地，如果你能夠在西元尾數6的那年生下孩子，那麼這將是你的貴子，會讓你中晚年不愁吃穿；如果你的父母正好又是紫微密碼6的，聽他的就對了，他的責罵、要求都是正面的，你可能將因此放棄你自己的執著、事業、求財、關係。

只要拿到紫微密碼6的鑽石，將會讓你遠離鬼牌的痛苦，其次你也可以考慮去尋求紫微密碼7的寶劍，在職場上，他的寶劍將會為你的怠惰、放鬆、自我滿足帶來刺激，可能有衝突，但是正面的。另外，人際關係部分，有時候你會看到別人的成功，激勵你向上提升，這個人基本上就是紫微密碼7的人。所以面對你的鬼牌，你必須要拿到密碼6和7的寶劍或鑽石，才能夠開低走高、遠離災難，不至於流於社會下層或失敗，這就是一個進貴得貴、進富得富的互動關係，讓你能夠超越自己的惰性、向上提升，這就是我們所說的借力使力，既是最佳選擇，也是一盞明燈。

西元尾數 1

天干／辛

鬼牌

化忌

文昌星

抽掉1的鬼牌

破解文昌星化忌

紫微密碼1的人，你的鬼牌就是文昌星化忌。這代表你最大的痛苦跟責難很可能是在功課、事業方面。也許會重考、因代考而鋃鐺入獄，申請執照也屢屢受挫、好事多磨。這是因為你的鬼牌是文昌星化忌，這顆星曜的特性除了考運弱以外，只要一動筆就容易動輒得咎，能力稍嫌不足。

而文昌星化忌的危機不只在考試上，包括出外遠行或者申請移民，都可能讓你備受刁難，條件更加地艱辛。在婚姻方面，則可能因結婚證書被否定身陷離婚紛爭難以自拔。另外，在手足或朋友之間，你的鬼牌會導致你簽約失敗、幫別人背書負債，甚至於背黑鍋飽受被汙名的風險。因此，金錢方面暗藏了很多的危機，如果拿到假鈔或陷入偽造文書的風波，甚至

買賣房地產時被騙，都是你可能會面對到的。

所以，你一生當中除了找貴人幫助以外，無論做任何的事業都必須找到很好的會計幫你做帳、很好的代書幫你過濾契約、很好的律師幫你把關一些文字上的細節，這是你必須比別人花更多的錢、更多的心血去做的一件事情。

貴人：紫微密碼 6

針對1的鬼牌，玫瑰、寶劍或鑽石之中有文昌的就是你的貴人，他們才能救你。紫微密碼6的玫瑰是文昌化科，正是你唯一的貴人，你找他擔任你的會計師、代書、律師甚至結婚對象，都是吉星高照、化險為夷、逢凶化吉。買賣房地產的代書找他，事業的合夥找他，當然擇偶能夠找他更好，都會像星星般照耀著你，讓你遠離簽約的危機跟麻煩。

出去移民是不是要辦一些手續？你是不是要開戶開票給別人？是不是有簽約？找你的部屬幫你監督，再一次地閱讀跟審核契約，不要忘了紫微密碼6是你的貴人，他的玫瑰就是一朵綻放的花朵，可以讓你的鬼牌完全地被消滅，使你不再因鬼牌陷入迷失與痛苦。因此，這個貴人必須要花更多心思去找，而且你的貴人也只有他了。

總體而言，除了小心之外還是要小心，也要珍惜紫微密碼6的貴人，才能遠離災禍。

抽掉2的鬼牌

破解武曲星化忌

你的鬼牌叫作武曲星化忌，武曲代表鈔票、支票、股票，代表你的金錢糾紛多，一生都會跟著你。當然，財為養命之源，人活著就不能沒有錢，但是要領高薪不代表要從事金融界，你可以靠技術賺錢，也可以靠你的執照、文藝、文化、文學、智慧賺錢。反而要少接觸金融界跟做商人，你一旦經商，就很容易陷入財務糾紛的危機，玩股票可能投資失敗，工作上合夥、簽約、資金的調度可能出問題，到外地買賣也可能受騙上當。

不幸的是，你的鬼牌隨著流年，也有危害其它星曜的可能。為了錢財跟配偶爭執、反目成仇；因錢傷了和氣造成兄弟鬩牆，甚至於親子兩代之間為了錢的事情不歡而散都大有可能，這是紫微密碼2的人一生無法超脫的困境。

貴人：紫微密碼9+0+4

有法必有破，要破除困境、得到化解的空間，你必須要把其他紫微密碼的鑽石、寶劍跟玫瑰拿來用才可以。而紫微密碼9的人正是你投資、金錢、合夥、購物的貴人，他可以藉由他的鑽石——武曲化祿，來去化解你所面臨的，例如被倒會、被跳票、被騙錢的危機。而要是和紫微密碼9有親緣關係，例如父親、兄弟、子女中有密碼9的人，他們很有可能在你面臨財務危機時，伸出援手救你一把、拉你一把，這是可遇不可求的。

當然你也可以從紫微密碼0的人身上借來寶劍，他會用他工作上的權力、金錢上的背景、個人理性的判斷或者人脈，去解決你上述可能面臨到的災難跟苦痛；同時我們也可以從紫微密碼4的人身上借一朵玫瑰，他的玫瑰正好也是武曲星化科，因此，可以解救你武曲星化忌的危機。具體而言，他可以幫你化解不必要的金錢糾紛跟財務的危機，他理性的判斷及人脈加持，能為你謹慎地判別優勝劣敗、吉凶禍福，甚至為你精算股票都有可能。

所以紫微密碼2的人，你只要記得：跟著紫微密碼9的人可以獲利，跟著紫微密碼0的人可以得到權力的提升，紫微密碼4的人能帶你得到人脈，在桃花方面也能為你解惑。只要讓這些紫微密碼的人伴你左右，你既能遠離武曲星化忌帶來的危機，也能在事業愛情運上得到大大的提升，成為紫微密碼2中的佼佼者。

西元尾數 3

天干／癸

化忌
貪狼星

抽掉3的鬼牌

破解貪狼星化忌

紫微密碼3的人，你的鬼牌是貪狼化忌。這代表你在金錢及事業運上會陷入這個鬼牌帶來的危機。貪狼的「貪」這個字，就是要提醒你不要因為貪而害了自己，尤其是化忌，可能會讓你因貪財、貪快而判斷失誤，陷入貪污、貪求的慾望陷阱之中。簡言之，小賺還可以，但如果你因貪心而大力投資，很容易貪小失大、得不償失。而且，這個貪心也同樣是你愛情的危機，你可能因為貪求愛情而意亂情迷，感情多波折、為愛奔波、付出多得到少，也可能因職場戀情引來不必要的仙人跳，甚至於職場上的桃花被別人誣陷、迫害。而如果從靈魂部分來說，這個鬼牌會呈現出追求愛情苦無結果，並且對愛情失望、絕望的狀態，這是貪狼星的宿命之一。

從3的鬼牌來看，家人親屬關係，父母兄弟子女，一旦有這樣的鬼牌重疊，代表家人的感情糾紛、波折連連，爸媽離婚、兄弟姊妹單身、子女不婚不嫁，都是命中鬼牌的捉弄。當然，危機也可能發生在夫妻關係，代表捉姦在床，享受齊人之福而惹來禍端，付出代價難以估計；在感情上也代表跌跌撞撞，讓你付出極大的痛苦跟代價。而貪狼這顆星的鬼牌也可能落入田宅宮，買賣房地產時產權不清、遺產交接有瑕疵，都容易引起糾紛。

從健康角度來看的話，貪狼代表泌尿系統，例如腎臟、尿道方面。這當中又以生產為最需要注意的部分，要以平安生產為最優先，千萬不要大意，量力而為，你的受孕、生產才會順利，自己也能維持健康的身體。

貴人：紫微密碼8+9

針對上述狀況，紫微密碼3的人千萬要謹慎。你必須得到紫微密碼8的鑽石、紫微密碼9的寶劍，才能夠化解。也就是說在工作中，如果你跟紫微密碼8的人合作，比較不會衍生出因為過貪而貪贓枉法，甚至鋃鐺入獄的風險，甚至還能因合作獲得一些金錢。

在擇偶方面，如果選擇紫微密碼8或9的人，他深深地愛著你，給予你很足夠的關懷與愛，你就不會因心靈上的空缺而心智迷亂，迷戀不該去的場所，或愛上不該愛的人。紫微密碼8跟9能給你滿滿的愛，他們是你真正的貴人。這同樣通用於愛情、事業及投資上，當你的父母、兄弟或子女是紫微密碼8或9的人，你會因為愛他們而潔身自愛，因為在乎他們而不會過於迷戀外面的感情，甚至因為他們具有心靈撫慰、剎車的作用，你的一些衝動跟慾望都會被排解掉。所以把紫微密碼8跟9的鑽石、寶劍隨時帶在身邊，跟他們住在一起，提升自己的智慧及快樂，你才能當紫微密碼3的成功人物，做出一些創舉。

西元尾數 4

天干／甲

化忌
太陽星

抽掉4的鬼牌

破解太陽星化忌

針對紫微密碼4的人，他生命中的鬼牌是太陽星。其實任何一顆星都一樣，水可載舟亦可覆舟，但太陽星對他來說，是各種關係間的鬼牌。從金錢與事業運來說，他可能從政之後受政黨迫害而屢屢受挫，升官求財之路也阻礙連連。即使熱心公益，卻有遭人詐騙的可能，這是他職場、求財上的鬼牌。而從婚姻角度來看，他可能遇人不淑、交友不慎，所嫁非良人，是婚姻中的鬼牌。

從家庭關係來看，你的生命中與父親緣分較淺，可能遭遇到與父親失和，或者聚少離多。再加上你和兄弟的緣分也薄弱，容易發生兄弟鬩牆的情況，這是你親情上的鬼牌。當然這也可能發生在生育上，父母壓力倍重，求子難成，傳宗接代希望渺茫，這是生命中的鬼牌。

從疾厄當中來看，眼睛的疾病，例如青光眼、白內障、角膜炎、重近視，會是你健康中的鬼牌；從離鄉背井，或者旅行來看，由於太陽星代表異動，很可能車禍與糾紛不斷，是遠方的鬼牌。

從這麼多的鬼牌當中，無論父母、親子、夫妻、健康，包括事業，都有一個可能產生的共通點：越幫越忙，好心沒好報。而生命中充滿這麼多不同關係的鬼牌，對於紫微密碼4的人來說，是一件不可不慎的事。重點在於，如何把你從這個苦難中解救出來？

貴人：紫微密碼 9 + 0

如果要選擇對象的話，你或許可以考慮紫微密碼9或0的人，他們在夫妻關係中，既不太會跟你產生什麼爭執，求財方面也能有很大的幫助。而要是對既有的姻緣不滿意，或是姻緣被阻撓，藉由這兩個數字的人來幫助你做姻緣的介紹，都是加分到極致。同樣地，你在職場上要是遇到紫微密碼9跟紫微密碼0的人，也比較不會被捲入爭執中，那麼自然不會有犯小人的情況發生。

當然求醫、求教、求學、求智慧，都可以找紫微密碼9跟紫微密碼0的對象，這對於你拔掉生命中的鬼牌，幫助非常大，也可以讓你得到另外一個助力而不是阻力。

西元尾數 5

天干／乙

化忌
太陰星

抽掉5的鬼牌

破解太陰星化忌

我們知道紫微密碼5的人，他生命中總會遇到太陰星化忌帶來的危機，從父母的角度來看，他跟媽媽的緣分比較薄弱，可能聚少離多、可能意見相左，也可能婆媳間失和，這是一個存在於女性之間，較難避免的互動關係。而手足關係方面，你的姊妹可能婚姻不幸、多災多難，兄弟也可能聚少離多。

從思緒上，你是一個傾向完美主義的人，對很多事力求完美，甚至有一點精神潔癖，這個特質會造成很多的困擾，就職場上來說，也許你總是認為女性的同事或長官給你的幫助有限，甚至從背後捅你、找你麻煩，這會讓你苦惱良多，是職場上的鬼牌。而從婚姻的角度來看，有時候會覺得老公力不從心，或有翅難展、優柔寡斷、龜毛的人，無法接受，這是婚姻中的鬼牌。

一旦遠行到他鄉，別人快快樂樂地乘風破浪，你到海邊、湖邊、河邊卻總是歷經驚險與危難；別人坐船不會暈，你就暈得亂七八糟、不識水性，這是你出外的鬼牌，包括夜晚不宜遠行、跌倒受傷或者小車禍，都是宿命，很難避免。

從健康角度來看，只要是紫微密碼5的人，尤其是女性，便很難逃脫婦女疾病的危害，包括子宮、卵巢、泌尿系統的毛病，都有很大的發生機率。最後，在這些鬼牌中，尤其要注意的是賺錢方面，該來的錢卻被別人借走、女性合夥人圖謀不軌，造成你損失連連，這是無論從哪個角度都會發生的問題。

貴人：紫微密碼7+8+0+3

那麼，我們該如何把紫微密碼5的鬼牌抽出？前面有說過就是要找貴人，所以一旦能夠多接近紫微密碼7的人，例如嫁娶，或者有這樣的兄弟姊妹、同事都會臨危拉你一把，甚至反敗為勝，為你帶來一些財富都有機會。除此之外，紫微密碼8的人會因為你的遭遇頻頻地同情你、力挺你，兩肋插刀在所不辭，無論在醫療、工作、事業、取財方面，都將給你莫大的權力，或者更大金錢、資源的調度空間。

如果你生了一個小孩，他的紫微密碼是7或8，這會彌補你在各方面運勢不佳的風險，或是為夫妻失和帶來轉機。除此之外，只要找紫微密碼0跟3的人一起出遊、共同學習成長、共同信仰，共同有一定的方向跟合夥，都會讓我們上述所說的鬼牌情況迎刃而解。而如果你的父母正好是上述幾個紫微密碼的話，那麼親緣關係就不至於太險峻、艱難，親子間的互動也會非常加分。

西元尾數 6

天干／丙

鬼牌

化忌

廉貞星

抽掉6的鬼牌

破解廉貞星化忌

紫微密碼6的人在一生中，總是會遭遇到以下幾個危機：一是在職場上，廉貞代表官司訴訟，因此他一旦面對訴訟、官司的宣判，勝算將比別人來得少。所以做任何工作還是要以和氣生財為主，避免過多的訴訟、爭執，這是你遠離危機唯一的方法。第二是遠方鬼牌，針對喜歡遠行的紫微密碼6的人，可能在某一年或者整整十年間，總是會發生比別人更多的在外地被劫財、被騙，甚至於車被偷、發生車禍一類的事情，我們稱它為車關不斷、財產被劫、珠寶被竊，這種事情發生的機率比別人多很多。而有危機當然就會有破解的方法，那就是小心地騎車、開車，多多搭乘大眾運輸工具，千萬不要珠光寶氣，或者特立獨行地外出，一個人登山、游泳，或者一個人行動，都是你的危機。

第三張鬼牌是容易遇到居家、房地產的產權不清，租賃房子、店面、辦公室方面糾紛很多，遇到惡房東的機率很高，也可能會遇到同事部屬監守自盜，遭竊、遭搶的可能。由此可知，歹徒宵小最喜歡下手的，其實就是紫微密碼6的人。

第四張鬼牌來自你的親子關係，你可能面臨到與父母之間緣分薄弱，或者受到父母債務的連累。紫微密碼6的人一旦進入大月流年的時候，父母、兄弟就可能帶來一些變故，使你無法逃脫，例如幫父母、兄弟背黑鍋而官司訴訟纏身，或者被朋友、同事陷害，成為司法上的代罪羔羊，上述危機發生的可能性相當高。再來，你的一生也容易掉到婚姻的鬼牌之中，在選擇婚姻的同時，盡量不要跟黑社會兄弟掛勾，除了無法因此獲利之外，甚至會被牽累、牽連。所以紫微密碼6的人千萬不要跟作奸犯科的歹徒掛勾、合夥做生意，甚至選擇他們作為配偶，否則將有可能受牽連而鋃鐺入獄。

最後，針對健康的部分，你的鬼牌是落在肝火、燥熱的毛病，或者過敏性體質上頭，當然在飲食、藥補進補的同時，要參考這件事作為預防的方向。

貴人：紫微密碼 4

紫微密碼6的人危機特別多，貴人卻特別少，面臨種種危機，你必須要選擇紫微密碼4的人，作為你一生當中永遠的貴人。紫微密碼6的人，生命中有了紫微密碼4的人，包括爸爸、兄弟、配偶、同事或朋友，你面臨到的官司、打劫、車禍、意外，都有被解救的可能。當然在健康部分，找紫微密碼4的醫生來做一個化解，也具有正面的醫療效果。總的來說，紫微密碼4的人將是一個為你救苦救難的大菩薩，千萬要找到他們。

西元尾數 7

天干／丁

抽掉7的鬼牌

破解巨門星化忌

紫微密碼7的鬼牌是巨門星化忌，這顆星在流年或大月當中，可能會坐落在你的父母身上，讓你在親子關係中，爭執、爭吵不休，年輕的你被父母罵臭頭，年老的你也會遇到口舌的問題，例如頂嘴跟爭吵。這是一顆爭執、爭吵，吵不完的星，除了可能坐落在父母宮外，也可能在流年的兄弟姊妹宮，甚至子女宮上面。同樣地，如果這顆星掉入了你的人脈關係之中，有時候你沒有小心地傳話，容易被別人形容成大嘴巴、口德不好，也可能被誤會口才不好、言不由衷、亂講話得罪人，把直言、胡言及亂言混為一談，這會造成你人際關係的敗壞。最糟糕的是，這個鬼牌的特性也可能坐落在你的內心，讓你變得多疑，疑心生暗鬼，不僅影響你的身心狀況，也會造成人際關係的下滑。

一旦這張鬼牌掉入婚姻關係中，可能就是被懷疑，或被配偶惡言相向，日以繼夜的言詞力，總是陷入無法抗拒的痛苦當中，這是紫微密碼7無奈的生命際遇之一。那針對賺錢的部分，有時候明明財源滾滾、貴人很旺，但因為你講話太直、率性地有話直說，容易得罪客戶，甚至得罪貴人，他們從此與你 say good-bye 也很有可能。做生意方面，別人開餐廳能賺錢，到你的時候卻容易早早了結，除了無法獲利之外，搞不好還賠錢關門。

從健康角度來看，你不是蛀牙就是腸胃容易出毛病，也許現在你覺得自己沒有，那只是因為時候未到。腸胃出毛病、蛀牙、口吃，甚至輕微的口臭，都是影響你財運跟愛情運的一個致命傷。

貴人：紫微密碼 1 + 3

如果你的兄弟姊妹、父母他們是紫微密碼1的話，他們會包容你，讚美你，肯定你，支持你，發生不好的事時也會勸你；但如果親戚朋友、父母兄弟姊妹，是紫微密碼3的話，將會大起大凶、大好大壞，你如果被欺負、被誤會，他會力挺你，也可能因求好心切而跟你起更大的爭執，以爭吵的方式導正你，這都有可能。當然你無法選擇你的父母跟兄弟姊妹，但要破解這些危機，你一定要慎選朋友跟擇偶，要記得自己在這方面是可以做選擇的，選擇紫微密碼1或3的人，與他結合或者在那一年生下寶寶，你先天鬼牌所導致的缺陷就能被彌補。因此，擇偶生子、出外找貴人，或者找同事合夥，還有我們所說的思緒判斷、智慧的提升，只要緊緊地抱住紫微密碼1跟3的人的大腿，就能夠遠離災難。

總體而言，這顆星跟著你一生，而它本身就代表著爭執、爭吵，看你跟誰吵而已，言不由衷、口舌是非不斷，被別人懷疑或懷疑別人，是這顆星與生俱來的宿命。久而久之，這個鬼牌會為你帶來危機，使你敗亡。因此你必須有所保留、有所謹慎，將你的個性修正過來，並且找到貴人，才能夠遠離鬼牌，成為紫微密碼7的佼佼者。

抽掉8的鬼牌

西元尾數 8

天干／戊

破解天機星化忌

紫微密碼8的鬼牌是天機星化忌，因此，在你的一生中，很可能遭遇到幾個重大的問題，這之中最可怕的是：天機代表智慧，一旦坐落在你的思緒、靈魂判斷的同時，你就是憂鬱症、躁鬱症、多慮、杞人憂天排行榜的第一名，你的思緒會因為某一年，或者某十年而陷入一個錯誤的判斷，甚至是錯亂的危機之中。心神不寧不只將造成你事業及財富運的崩壞，也可能導致你過度聽信怪力亂神，因陷入宗教迷思而傾家蕩產、揮霍金錢，這都是你一生當中有可能碰到的事。

這顆星的特性也會反映到你的工作上，你可能非常認真，日以繼夜、絞盡腦汁地投入工作，但是面對升學以及升官的壓力，你也可能陷入一個多慮、憂鬱，甚至精神狀況敗壞的處

境。你如果想破解很多發明、設計、創造來賺錢，就將陷入思慮、思緒判斷的天人交戰當中。換句話說，為了事業好，為了賺錢多，你的精神狀況可能會到一個非常非常危急的境地，這是天機化忌會給紫微密碼8的人造成的痛苦。

同時，這張鬼牌也可能陷入到你的配偶宮中，你本身很聰明，但可能會遇到一個心智迷亂、頭腦不好，甚至擾亂你心智，造成你更多精神上苦痛的對象，所以在談戀愛的時候要小心，保有自己的理智判斷為上策。

下一張鬼牌是，一旦進入外地，你會比別人更容易迷路，包括登山、游泳、賽車，很多的運動，你都比別人更沒有方向感。而且針對健康方面，你需要好好預防肝臟機能的問題。

貴人：紫微密碼 5 + 6 + 7

面對這麼多的危機和困難，如果你想求財的話，尤其是事業上，你應該多接近紫微密碼5的人，因為他本身是天機化祿，祿代表蓬勃、生命等等，朝氣蓬勃的力量，能彌補你忌的問題，產生互補作用。簡言之，你的工作、投資、金錢、買賣只要和紫微密碼5的人在一起，將會受益良多。當然，如果你的兄弟姊妹、親屬，親緣關係之中有紫微密碼5的人更是加分。

不只如此，你還有另外兩個大貴人，就是紫微密碼6跟7的人，他們除了撫慰你的心靈之外，也能讓你的人際關係得到提升。當你遭遇到職場上的霸凌、被賺錢的思緒跟錯誤判斷擾亂心智，或者家庭關係產生糾葛時，只要身邊有紫微密碼5、6、7的人在，藉由他們幫你轉達你的想法、觀念跟訴求，你易多慮、易煩惱的鬼牌就會遠離，那麼就不會輕易迷路、判斷錯誤、因宗教信仰而產生困惑。這對我們上述說的工作上多慮、憂鬱，以及防止精神疾病的惡化，都是有幫助的。你多跟紫微密碼5、6、7的人在一起，也不會有妄想，甚至不會染上酗酒跟吸毒的惡習。他們在你的生命當中確實是不可多得的貴人，時時把握與他接近的機會，求教於他，將會遠離鬼牌！

西元尾數 9

天干／己

化忌
破軍星

抽掉9的鬼牌

破解文曲星化忌

紫微密碼9的鬼牌是文曲星化忌，文曲星化忌簡單的解釋就是玩物喪志、樂極生悲，只要一不小心，在愛情或事業上將會面臨到齊人之禍。而文曲所代表的就是才藝，除了才藝以外，一旦走偏了，也代表他學無所成、不學無術。從事業跟財富的鬼牌來看，應該專注於一項事業就好，不能身兼數職或產生二心，否則會顧左思右、顧前思後，帶來兩頭空的危機。當然這也能從不同的角度來詮釋，你可以努力賺錢，但卻不能靠酒、色、騙，或是迷戀於旁門左道，不然事業運將急劇下滑。

而一談到遠行的運勢，這個鬼牌會讓你在家是一個樣子，出外變了樣，在家是個好老公，一旦遠行他鄉可能就變成吃喝玩樂的老公；在家是乖巧的孩子，可能出外學習就會變壞，抽菸、吸毒、犯罪，無惡不作。所以針對紫微密碼9的人，一生當中最重大的建議是：不要身兼二職，不要腳踏兩條船，不要染上惡習，不要對事物過度沉迷，無法自拔。

而就親屬關係來看，紫微密碼9的人可能有二父或二母，說得好聽是乾爹、乾媽，難聽就是繼父、繼母。自己本身也很容易跟兄弟、姊妹或子女產生學習、互動上的阻礙，這是親子關係上的鬼牌。而且，一旦進入婚姻關係，你的鬼牌將會讓你惡習纏身，嗜賭成性、好酒如命，甚至在外惹花捻草，在大享齊人之福的同時，也備受齊人之禍。這是紫微密碼9的鬼牌。

貴人：紫微密碼1

一旦發覺生命中開始衍生出上述的危機，你就千萬不能錯過周遭紫微密碼1的人。在賺錢方面，紫微密碼1的人，會給你更多的建議及投資；在職場方面，紫微密碼1的人會導正你的壞習慣；在親子關係方面，只要有紫微密碼1的家屬、朋友，甚至配偶，他們是你的貴人，跟著他走，災難自然就會沒有。無論是思緒判斷的迷失，或者容易染上惡習的特性，周遭的朋友都會規勸跟導正你。尤其在學習方面，當你三心二意、心猿意馬的同時，他將會是你的一位良師，當你有擇偶空間的時候，他如果又是紫微密碼1的人，你就可以做一個相對安全且穩定的選擇。

千萬記得只要遇到紫微密碼1，對方就是你永遠的貴人，重則讓你富貴一生，輕則讓你遠離災難。

開運農民曆

找到自己的紫微密碼後，
本章提供你家家必備的牛年農民曆，
清楚列出每日宜忌、吉時與方位，
讓你２０２１每天都有全新開始和大好運勢！

CHAPTER 4

二〇二一年國曆一月

日期	星期	節日節氣	農曆	干支	每日宜忌	每日吉時	每日沖煞	每日胎神占方
1	五	元旦	十一月十八	己酉	**是日凶星多吉星少，宜事不取**	子寅巳午	**沖兔58 歲煞東**	占大門外東北
2	六		十九	庚戌	**宜：**祈福、酬神、牧養、納畜、設齋醮、裁衣、動土、除靈、破土 **忌：**開光、安床、入宅、嫁娶、入殮、火葬	子丑卯巳	**沖龍57 歲煞北**	碓磨栖外東北
3	日		二十	辛亥	**宜：**裁衣、合帳、動土、安灶 **忌：**嫁娶、安床、開刀、入殮、除靈、火葬	丑寅卯午	**沖蛇56 歲煞西**	廚灶床外東北
4	一		廿一	壬子	**宜：**入殮、移柩、除靈、火葬、進金、安葬 **忌：**動土、入宅、安香、嫁娶	子丑辰巳	**沖馬55 歲煞南**	倉庫碓外東北
5	二	小寒	廿二	癸丑	節前**宜：**祈福、酬神、出行、訂婚、嫁娶、出火、動土、安床、入宅、安香、掛匾、求醫治病 **正紅紗，宜事不取**	寅卯巳午	**沖羊54 歲煞東**	房床廁外東北
6	三		廿三	甲寅	**宜：**訂婚、裁衣、合帳、出火、動土、安床、入宅、洽爐、掛匾、入殮、移柩、除靈、破土、火葬、進金、安葬	子寅卯午	**沖猴53 歲煞北**	占門爐外東北

7	8	9	10	11	12	13	14	15
四	五	六	日	一	二	三	四	五
廿四	廿五	廿六	廿七	廿八	廿九	十二月 初一	初二	初三
乙卯	丙辰	丁巳	戊午	己未	庚申	辛酉	壬戌	癸亥
宜：出行、買車、牧養、納畜、訂婚、裁衣、合帳、嫁娶、安床、開市、入殮、移柩、火葬、進金、安葬 **忌：**入宅、安香、動土、除靈	**宜：**裁衣、合帳 **忌：**開光、嫁娶、入宅、安香、入殮、火葬	**是日凶星多吉星少，宜事不取**	**宜：**出行、裁衣、嫁娶、安床、入殮、移柩、除靈、火葬、進金、安葬 **忌：**開光、入宅、安香、動土、安門	**宜：**破屋壞垣 **月破大耗，宜事不取**	**宜：**出行、買車、訂婚、裁衣、合帳、嫁娶、出火、動土、安灶、入宅、洽爐、開市、掛匾、入殮、移柩、除靈、破土、火葬、進金、安葬 **忌：**開刀	**宜：**入殮、移柩、除靈、破土、火葬、安葬 **受死忌吉喜事，惟行喪不忌**	**宜：**作灶 **忌：**開光、安床、開市、嫁娶、入殮、火葬	**宜：**開光、求醫治病 **忌：**安床、開市、嫁娶、入殮、除靈、火葬
子丑卯巳	子寅卯午	子辰巳午	寅卯辰巳	子卯巳午	丑卯辰巳	子丑寅午	子丑巳午	寅卯辰午
沖雞52 歲煞西	**沖狗51 歲煞南**	**沖豬50 歲煞東**	**沖鼠49 歲煞北**	**沖牛48 歲煞西**	**沖虎47 歲煞南**	**沖兔46 歲煞東**	**沖龍45 歲煞北**	**沖蛇44 歲煞西**
碓磨門 外正東	廚灶栖 外正東	倉庫床 外正東	房床碓 外正東	占門廁 外正東	碓磨爐 外東南	廚灶門 外東南	倉庫栖 外東南	占房床 外東南

日期	16	17	18	19	20	21	22
星期	六	日	一	二	三	四	五
節日節氣					大寒		
農曆	十二月 初四	初五	初六	初七	初八	初九	初十
干支	甲子	乙丑	丙寅	丁卯	戊辰	己巳	庚午
每日宜忌	宜：祈福、酬神、牧養、納畜、齋醮、訂婚、裁衣、合帳、安床、安灶、入殮、移柩、除靈、火葬、進金、安葬 忌：入宅、安香、嫁娶、動土	**季月丑日謂正紅紗，宜事不取**	宜：出行、買車、訂婚、裁衣、嫁娶、安床、入宅、洽爐、移柩、除靈、火葬、進金、安葬、求醫治病 忌：開光、入殮、開市	宜：出行、買車、牧養、訂婚、裁衣、安床、開市、入殮、移柩、火葬、進金、安葬 忌：入宅、安香、嫁娶、動土、除靈	**是日凶星多吉星少，宜事不取**	宜：祈福、酬神、開光、設醮、訂婚、出火、安床、安灶、入宅、安香、掛匾 忌：嫁娶、開市、入殮、除靈、火葬、進金	宜：祈福、酬神、出行、牧養、納畜、齋醮、訂婚、裁衣、合帳、嫁娶、安床、掛匾、入殮、移柩、除靈、火葬、進金、安葬 忌：開光、入宅、安香
每日吉時	子丑卯巳	寅卯辰巳	子寅卯午	子辰巳午	寅卯辰巳	子卯巳午	丑卯辰巳
每日沖煞	**沖馬 43 歲煞南**	**沖羊 42 歲煞東**	**沖猴 41 歲煞北**	**沖雞 40 歲煞西**	**沖狗 39 歲煞南**	**沖豬 38 歲煞東**	**沖鼠 37 歲煞北**
每日胎神占方	占門碓 外東南	碓磨廁 外東南	廚灶爐 外正南	倉庫門 外正南	房床栖 外正南	占門床 外正南	占碓磨 外正南

31	30	29	28	27	26	25	24	23
日	六	五	四	三	二	一	日	六
			尾牙					
十九	十八	十七	十六	十五	十四	十三	十二	十一
己卯	戊寅	丁丑	丙子	乙亥	甲戌	癸酉	壬申	辛未
宜：訂婚、裁衣、合帳、嫁娶、安床 **忌：**入宅、安香、入殮、除靈、火葬	**宜：**牧養、納畜、訂婚、裁衣、合帳、嫁娶、出火、安床、入宅、開市、掛匾、入殮、移柩、除靈、火葬、進金、安葬 **忌：**開光、上樑	**季月逢丑日謂正紅紗，宜事不取**	**宜：**祈福、酬神、設醮、齋醮、裁衣、合帳、安床、入殮、移柩、除靈、火葬、進金、安葬 **忌：**入宅、安香、嫁娶、動土、開刀	**宜：**祈福、酬神、出行、買車、牧養、納畜、設醮、訂婚、裁衣、出火、安灶、入宅、安香、開市 **忌：**開光、嫁娶、入殮、火葬	**宜：**祈福、酬神、設醮、齋醮、裁衣、嫁娶、作灶、入殮、除靈 **忌：**開光、安床、開市、出行、入宅、安香、火葬	**宜：**入殮、移柩、除靈、火葬 **受死忌吉喜事，惟行喪不忌**	**宜：**出行、買車、開光、訂婚、嫁娶、開市、入殮、移柩、除靈、火葬、進金、安葬 **忌：**入宅、安香、開刀	**月破大耗，宜事不取**
子卯巳午	寅卯辰巳	子辰巳午	子丑寅卯	子丑卯辰	子丑卯午	寅辰巳午	子辰巳午	子寅卯午
沖雞28 歲煞西	**沖猴29 歲煞北**	**沖羊30 歲煞東**	**沖馬31 歲煞南**	**沖蛇32 歲煞西**	**沖龍33 歲煞北**	**沖兔34 歲煞東**	**沖虎35 歲煞南**	**沖牛36 歲煞西**
占大門 外正西	房床爐 外正西	倉庫廁 外正西	廚灶碓 外西南	碓磨床 外西南	門雞栖 外西南	房床門 外西南	倉庫爐 外西南	廚灶廁 外西南

二〇二二年國曆二月

日期	星期	節日節氣	農曆	干支	每日宜忌	每日吉時	每日沖煞	每日胎神占方
1	一		十二月 二十	庚辰	**宜：**裁衣、合帳、嫁娶、安床 **忌：**入宅、安香、造船橋	子卯辰巳	**沖狗27 歲煞南**	碓磨栖 外正西
2	二		廿一	辛巳	**四絕逢重日，吉喜喪事均不取**	子寅卯午	**沖豬26 歲煞東**	廚灶床 外正西
3	三	立春	廿二	壬午	節前**宜：**酬神、設醮、齋醮、入殮、移柩、除靈、火葬、進金、安葬 節後**忌：**時間短促，用事取節前 **勿探病**	丑辰巳午	**沖鼠25 歲煞北**	倉庫碓 外西北
4	四		廿三	癸未	**宜：**牧養、訂婚、入殮、移柩、火葬、進金、安葬 **忌：**入宅、安香、嫁娶、出行、開光、除靈	寅卯辰巳	**沖牛24 歲煞西**	房床廁 外西北
5	五		廿四	甲申	**宜：**破屋壞垣 **月破大耗，宜事不取**	子卯巳午	**沖虎23 歲煞南**	占門爐 外西北
6	六		廿五	乙酉	**宜：**祈福、酬神、出行、開光、齋醮、動土、入殮、移柩、除靈、破土、火葬、進金、安葬 **忌：**入宅、安香、嫁娶、安床、開市	子丑辰巳	**沖兔22 歲煞東**	碓磨門 外西北

15	14	13	12	11	10	9	8	7
一	日	六	五	四	三	二	一	日
	西洋情人節		春節	除夕				
初四	初三	初二	正月初一	三十	廿九	廿八	廿七	廿六
甲午	癸巳	壬辰	辛卯	庚寅	己丑	戊子	丁亥	丙戌
宜：祈福、酬神、出行、買車、牧養、納畜、開光、設醮、訂婚、裁衣、合帳、嫁娶、出火、動土、安床、入宅、安香、開市 **忌：**入殮、除靈、火葬	**宜：**作灶 **忌：**開光、嫁娶、入宅、安香、入殮、除靈、火葬	**宜：**嫁娶 **忌：**入宅、安香、開市、動土、入殮、除靈、火葬	**宜：**酬神、出行、齋醮、訂婚、出火、動土、安床、入宅、安香、開市、掛匾	**宜：**裁衣、合帳、入殮、除靈 **忌：**入宅、安香、開光、嫁娶、開市	**宜：**祈福、酬神、裁衣、合帳、安床、安灶、入殮、除靈 **忌：**入宅、安香、嫁娶、開刀	**宜：**祈福、酬神、開光、訂婚、裁衣、動土、開市、除靈、破土 **忌：**入宅、安香、嫁娶、安床、開刀	**宜：**祈福、酬神、出行、開光、訂婚、出火、動土、安床、入宅、安香 **忌：**開市、嫁娶、入殮、火葬、進金、安葬	**宜：**入殮、移柩、除靈、破土、火葬、安葬 **受死忌吉喜事，惟行喪不忌**
丑卯巳午	卯辰巳午	子辰巳午	丑寅卯午	子卯辰巳	子卯巳午	寅卯辰巳	子丑辰午	丑寅卯午
沖鼠14 歲煞北	**沖豬15 歲煞東**	**沖狗16 歲煞南**	**沖雞17 歲煞西**	**沖猴17 歲煞北**	**沖羊18 歲煞東**	**沖馬19 歲煞南**	**沖蛇20 歲煞西**	**沖龍21 歲煞北**
占門碓 房內北	占房床 房內北	倉庫栖 外正北	廚灶門 外正北	碓磨爐 外正北	占門廁 外正北	房床碓 外正北	倉庫床 外西北	廚灶栖 外西北

日期	16	17	18	19	20	21	22
星期	二	三	四	五	六	日	一
節日節氣			雨水				
農曆	正月初五	初六	初七	初八	初九	初十	十一
干支	乙未	丙申	丁酉	戊戌	己亥	庚子	辛丑
每日宜忌	**宜：**祈福、酬神、訂婚、裁衣、合帳、嫁娶、出火、安床、入宅、安香、入殮、移柩、火葬、進金、安葬 **忌：**出行、動土、除靈	**宜：**求醫治病、破屋壞垣 **月破大耗，宜事少取**	**宜：**祈福、酬神、出行、齋醮、訂婚、入殮、移柩、除靈、破土、火葬、進金、安葬 **忌：**嫁娶、開市、入宅、安香	**宜：**入殮、移柩、除靈、破土、火葬、安葬 **受死忌吉喜事，惟行喪不忌**	**宜：**祈福、酬神、訂婚、裁衣、合帳、安床 **忌：**嫁娶、開光、入殮、火葬	**宜：**祈福、酬神、出行、買車、開光、設醮、齋醮、裁衣、嫁娶、除靈 **忌：**開市、入宅、安香、安床	**宜：**祈福、酬神、入殮、移柩、除靈、火葬、進金、安葬 **忌：**入宅、安香、嫁娶、動土
每日吉時	子卯辰巳	子丑卯午	子辰巳午	寅卯巳午	子寅卯午	子卯辰巳	丑寅卯午
每日沖煞	**沖牛13 歲煞西**	**沖虎12 歲煞南**	**沖兔11 歲煞東**	**沖龍10 歲煞北**	**沖蛇9 歲煞西**	**沖馬8 歲煞南**	**沖羊7 歲煞東**
每日胎神占方	碓磨廁 房內北	廚灶爐 房內北	倉庫門 房內北	房床栖 房內南	占門床 房內南	占碓磨 房內南	廚灶廁 房內南

28	27	26	25	24	23
日	六	五	四	三	二
和平紀念日		元宵節			
十七	十六	十五	十四	十三	十二
丁未	丙午	乙巳	甲辰	癸卯	壬寅
宜：酬神、出行、納畜、訂婚、裁衣、合帳、出火、動土、安床、入宅、安香、入殮、破土 **忌：**開光、嫁娶、除靈、火葬、進金、安葬	**宜：**酬神、出行、納畜、開光、齋醮、嫁娶、訂婚、出火、動土、安床、入宅、安香、開市、掛匾、入殮、除靈、火葬、進金、安葬 **忌：**上官、治病	**宜：**作灶 **忌：**開光、嫁娶、入宅、安香、入殮、除靈、火葬	**宜：**牧養、開光、裁衣、嫁娶、安床 **忌：**酬神、開市、入殮、除靈、火葬	**宜：**酬神、出行、納畜、開光、訂婚、嫁娶、動土、安床、開市、掛匾、入殮、移柩、除靈、破土、火葬、進金、安葬、設齋醮 **忌：**入宅、安香	**宜：**牧養、納畜、裁衣、合帳、安床、入殮、除靈、火葬、進金、安葬 **忌：**入宅、安香、嫁娶、動土
子辰巳午	丑寅卯午	子卯辰巳	子卯巳午	卯辰巳午	子辰巳午
沖牛1 歲煞西	**沖鼠2 歲煞北**	**沖豬3 歲煞東**	**沖狗4 歲煞南**	**沖雞5 歲煞西**	**沖猴6 歲煞北**
倉庫廁 房內東	廚灶碓 房內東	碓磨床 房內東	門雞栖 房內東	房床門 房內南	倉庫爐 房內南

二〇二一年國曆三月

日期	1	2	3	4	5	6
星期	一	二	三	四	五	六
節日節氣					驚蟄	
農曆	正月十八	十九	二十	廿一	廿二	廿三
干支	戊申	己酉	庚戌	辛亥	壬子	癸丑
每日宜忌	**宜：**求醫治病、破屋壞垣 **月破大耗，宜事不取**	**宜：**祈福、酬神、出行、買車、齋醮、裁衣、合帳、出火、動土、入宅、安香、洽爐、開市、掛匾、入殮、移柩、除靈、破土、火葬、安葬 **忌：**嫁娶	**宜：**入殮、移柩、除靈、破土、火葬、安葬 **受死忌吉喜事，惟行喪不忌**	**宜：**祈福、酬神、出行、開光、訂婚、動土、安床、安灶、入宅、安香 **忌：**開市、安門、嫁娶、入殮、火葬	節前**宜：**祈福、酬神、開光、齋醮、訂婚、裁衣、嫁娶、動土、除靈、破土、求醫治病 節後**宜：**嫁娶、安床 **忌：**安門、入殮、火葬、安葬	**宜：**祈福、酬神、牧養、納畜、裁衣、安床、出火、安灶、入宅、安香、洽爐、除靈 **忌：**開市、出行、嫁娶、開光、入殮、火葬、安葬
每日吉時	卯辰巳午	子寅巳午	子丑卯巳	丑寅卯午	子丑辰巳	寅卯巳午
每日沖煞	**沖虎60 歲煞南**	**沖兔59 歲煞東**	**沖龍58 歲煞北**	**沖蛇57 歲煞西**	**沖馬56 歲煞南**	**沖羊55 歲煞東**
每日胎神占方	房床爐 房內東	占大門 外東北	碓磨棲 外東北	廚灶床 外東北	倉庫碓 外東北	房床廁 外東北

15	14	13	12	11	10	9	8	7
一	日	六	五	四	三	二	一	日
初三	初二	二月 初一	廿九	廿八	廿七	廿六	廿五	廿四
壬戌	辛酉	庚申	己未	戊午	丁巳	丙辰	乙卯	甲寅
宜：訂婚、裁衣、合帳、嫁娶、動土、安床、安灶、入宅、入殮、破土 **忌：**開市、安門、除靈、火葬、進金	**宜：**破屋壞垣 **月破大耗，宜事不取**	**宜：**入殮、移柩、除靈、破土、火葬、進金、安葬 **正四廢，忌吉喜事**	**宜：**酬神、出行、開光、齋醮、訂婚、出火、動土、安床、入宅、安香、開市、掛匾、入殮、移柩、除靈、破土、火葬、進金、安葬 **忌：**開刀、嫁娶	**宜：**嫁娶 **忌：**動土、安機械、入宅、安香、入殮、火葬	**宜：**牧養、納畜、訂婚、裁衣、合帳、安床、開市 **忌：**出行、動土、開光、入宅、安香、嫁娶、入殮、火葬	**受死又逢三喪，吉喜喪事均不取**	**宜：**出行、買車、裁衣、合帳 **忌：**動土、開光、入宅、安香、嫁娶、入殮、火葬、安葬	**宜：**裁衣、合帳、動土、安床、安灶、入殮、移柩、除靈、破土、火葬、進金、安葬 **忌：**開刀、入宅、安香、嫁娶、訂婚
子丑巳午	子丑寅午	丑卯辰巳	子卯巳午	寅卯辰巳	子辰巳午	子寅卯午	子丑卯巳	子寅卯午
沖龍46 歲煞北	**沖兔47 歲煞東**	**沖虎48 歲煞南**	**沖牛49 歲煞西**	**沖鼠50 歲煞北**	**沖豬51 歲煞東**	**沖狗52 歲煞南**	**沖雞53 歲煞西**	**沖猴54 歲煞北**
倉庫栖 外東南	廚灶門 外東南	碓磨爐 外東南	占門廁 外正東	房床碓 外正東	倉庫床 外正東	廚灶栖 外正東	碓磨門 外正東	占門爐 外東北

日期	星期	節日節氣	農曆	干支	每日宜忌	每日吉時	每日沖煞	每日胎神占方
16	二		二月初四	癸亥	宜：開光、訂婚、出火、動土、安床、安灶、入宅、安香、求醫治病 忌：開市、嫁娶、入殮、除靈、開刀、安葬、進金	寅卯辰午	沖蛇45 歲煞西	占房床外東南
17	三		初五	甲子	宜：嫁娶 忌：入宅、安香、出行、牧養、入殮、火葬、進金	子丑卯巳	沖馬44 歲煞南	占門碓外東南
18	四		初六	乙丑	宜：祈福、酬神、牧養、納畜、設醮、訂婚、裁衣、動土、安床、安灶 忌：開市、入宅、安香、開光、入殮、火葬、進金	寅卯辰巳	沖羊43 歲煞東	碓磨廁外東南
19	五		初七	丙寅	宜：入殮、移柩、除靈、破土、火葬、進金、安葬 **四離日忌吉喜事，惟行喪不忌**	子寅卯午	沖猴42 歲煞北	廚灶爐外正南
20	六	春分	初八	丁卯	宜：祈福、酬神、開光、裁衣、入殮、移柩、除靈、火葬、進金、安葬、求醫治病 忌：嫁娶、入宅、安香、動土、安機械、造船	子辰巳午	沖雞41 歲煞西	倉庫門外正南
21	日		初九	戊辰	**受死又逢三喪，吉喜喪事均不取**	寅卯辰巳	沖狗40 歲煞南	房床栖外正南
22	一		初十	己巳	宜：牧養、納畜、裁衣、合帳、安灶、開市 忌：入宅、安香、開光、動土、入殮、火葬、進金	子卯巳午	沖豬39 歲煞東	占門床外正南
23	二		十一	庚午	宜：嫁娶、入殮、除靈 忌：開市、安門、入宅、安香、火葬、進金	丑卯辰巳	沖鼠38 歲煞北	占碓磨外正南

31	30	29	28	27	26	25	24
三	二	一	日	六	五	四	三
十九	十八	十七	十六	十五	十四	十三	十二
戊寅	丁丑	丙子	乙亥	甲戌	癸酉	壬申	辛未
宜：訂婚、動土、安床、安灶、入殮、移柩、除靈、破土、火葬、進金、安葬 **忌：**入宅、安香、開市、安門、求嗣、開刀	**宜：**祈福、酬神、出行、納畜、齋醮、訂婚、裁衣、嫁娶、出火、動土、安床、安灶、入宅、安香、洽爐、掛匾、除靈、破土、求醫治病 **忌：**開市	**宜：**裁衣、合帳、安床 **忌：**嫁娶、入宅、安香、入殮、火葬、進金	**宜：**祈福、酬神、出行、買車、開光、訂婚、裁衣、出火、動土、安床、安灶、入宅、安香、開市、掛匾、求醫治病 **忌：**開刀、嫁娶、入殮、火葬	**宜：**酬神、出行、買車、設醮、訂婚、裁衣、出火、動土、安灶、安床、入宅、安香、開市、入殮、移柩、火葬 **忌：**開光	**宜：**求醫治病、破屋壞垣 **月破大耗，宜事不取**	**宜：**祈福、酬神、開光、齋醮、訂婚、裁衣、嫁娶、出火、動土、入宅、安香、洽爐、掛匾、入殮、移柩、除靈、破土、火葬、進金、安葬 **忌：**安床	**宜：**酬神、出行、買車、開光、訂婚、嫁娶、動土、安床、安灶、入宅、安香、開市、入殮、移柩、破土、火葬、進金、安葬、設齋醮 **忌：**開刀
寅卯辰巳	子辰巳午	子丑寅卯	子丑卯辰	子丑卯午	寅辰巳午	子辰巳午	子寅卯午
沖猴30 歲煞北	**沖羊31 歲煞東**	**沖馬32 歲煞南**	**沖蛇33 歲煞西**	**沖龍34 歲煞北**	**沖兔35 歲煞東**	**沖虎36 歲煞南**	**沖牛37 歲煞西**
房床爐 外正西	倉庫廁 外正西	廚灶碓 外西南	碓磨床 外西南	門雞栖 外西南	房床門 外西南	倉庫爐 外西南	廚灶廁 外西南

二〇二二年國曆四月

日期	星期	節日節氣	農曆	干支	每日宜忌	每日吉時	每日沖煞	每日胎神占方
1	四		二月二十	己卯	**宜：**出行、嫁娶、安床、入殮、除靈 **忌：**動土、造船橋、火葬、進金	子卯 巳午	**沖雞29** **歲煞西**	占大門 外正西
2	五		廿一	庚辰	**受死又逢三喪，吉喜喪事均不取**	子卯 辰巳	**沖狗28** **歲煞南**	碓磨栖 外正西
3	六		廿二	辛巳	**宜：**裁衣、合帳、安床、安灶 **忌：**開市、動土、開光、入宅、安香、嫁娶、入殮、火葬	子寅 卯午	**沖豬27** **歲煞東**	廚灶床 外正西
4	日	婦幼節 清明	廿三	壬午	節前**宜：**祭祀、平治道塗、修飾垣墻 **忌：**開光、嫁娶、出行、入殮、火葬 **勿探病**	丑辰 巳午	**沖鼠26** **歲煞北**	倉庫碓 外西北
5	一		廿四	癸未	**宜：**作灶、入殮、除靈 **忌：**安床、動土、嫁娶、入宅、火葬、進金	寅卯 辰巳	**沖牛25** **歲煞西**	房床廁 外西北
6	二		廿五	甲申	**宜：**祈福、酬神、牧養、納畜、開光、齋醮、裁衣、合帳、動土、開市、入殮、移柩、除靈、破土、火葬、進金、安葬 **忌：**入宅、安香、嫁娶	子卯 巳午	**沖虎24** **歲煞南**	占門爐 外西北

15	14	13	12	11	10	9	8	7
四	三	二	一	日	六	五	四	三
初四	初三	初二	三月初一	三十	廿九	廿八	廿七	廿六
巳癸	辰壬	卯辛	寅庚	丑己	子戊	亥丁	戌丙	酉乙
宜：開光、裁衣、合帳、嫁娶、動土、安床、求醫治病 忌：開市、入宅、安香、入殮、除靈、火葬、進金、安葬	宜：出行、買車、裁衣、合帳、嫁娶、安床 忌：動土、入宅、安香、開市、安機械、入殮、火葬	宜：祈福、酬神、裁衣、合帳、嫁娶、安床、安灶、入殮、移柩、除靈、破土、火葬、進金、安葬 忌：開刀、開光、造船橋、入宅、安香	宜：出行、開光、訂婚、動土、除靈、破土 忌：入宅、安香、開刀、嫁娶、開市、入殮、火葬	**正紅紗，宜事不取**	宜：祈福、酬神、出行、買車、開光、訂婚、裁衣、動土、安床、開市、求醫治病 忌：入宅、安香、嫁娶、納畜、入殮、除靈、火葬	**受死又逢重日，吉喜喪事均不取**	**月破大耗，宜事少取** 宜：求醫治病、破屋壞垣	宜：酬神、出行、納畜、齋醮、訂婚、嫁娶、出火、安床、安灶、入宅、安香、洽爐、入殮、移柩、除靈、火葬、進金、安葬、求醫治病 忌：開光
卯辰 巳午	子辰 巳午	丑寅 卯午	子卯 辰巳	子卯 巳午	寅卯 辰巳	子丑 辰午	丑寅 卯午	子丑 辰巳
沖豬15 歲煞東	**沖狗16 歲煞南**	**沖雞17 歲煞西**	**沖猴18 歲煞北**	**沖羊19 歲煞東**	**沖馬20 歲煞南**	**沖蛇21 歲煞西**	**沖龍22 歲煞北**	**沖兔23 歲煞東**
占房床 房內北	倉庫栖 外正北	廚灶門 外正北	碓磨爐 外正北	占門廁 外正北	房床碓 外正北	倉庫床 外西北	廚灶栖 外西北	碓磨門 外西北

日期	星期	節日	節氣	農曆	干支	每日宜忌	每日吉時	每日沖煞	每日胎神占方
16	五			三月初五	甲午	宜：嫁娶、安床、開市、入殮、移柩、除靈、火葬、進金、安葬 忌：出行、入宅、安香、動土、買車、上官赴任	丑卯巳午	沖鼠14 歲煞北	占門碓 房內北
17	六			初六	乙未	宜：入殮、除靈 忌：安床、開市、入宅、安香、嫁娶、開光、安葬	子卯辰巳	沖牛13 歲煞西	碓磨廁 房內北
18	日			初七	丙申	宜：祈福、酬神、設醮、齋醮、裁衣、開市、入殮、移柩、除靈、火葬、進金、安葬 忌：開光、入宅、安香、嫁娶、入學	子丑卯午	沖虎12 歲煞南	廚灶爐 房內北
19	一			初八	丁酉	宜：祈福、酬神、出行、納畜、開光、齋醮、訂婚、嫁娶、出火、入宅、安香、洽爐、掛匾、入殮、移柩、除靈、火葬、進金、安葬 忌：造船橋	子辰巳午	沖兔11 歲煞東	倉庫門 房內北
20	二		穀雨	初九	戊戌	**月破大耗，宜事不取**	寅卯巳午	沖龍10 歲煞北	房床栖 房內南
21	三			初十	己亥	**受死又逢重日，吉喜喪事均不取**	子寅卯午	沖蛇9 歲煞西	占門床 房內南
22	四			十一	庚子	宜：祈福、酬神、開光、齋醮、訂婚、裁衣、合帳、安床、入殮、移柩、除靈、火葬、進金、安葬、求醫治病 忌：開市、安門、入宅、安香、嫁娶	子卯辰巳	沖馬8 歲煞南	占碓磨 房內南

23	24	25	26	27	28	29	30
五	六	日	一	二	三	四	五
十二	十三	十四	十五	十六	十七	十八	十九
丑辛	寅壬	卯癸	辰甲	巳乙	午丙	未丁	申戊
正紅紗，宜事不取	**宜：**牧養、納畜、裁衣、安床、開市、除靈 **忌：**開刀、入宅、安香、嫁娶、入殮、火葬、進金	**宜：**裁衣、合帳、嫁娶、安床、作灶、入殮、移柩、除靈、火葬、進金、安葬 **忌：**開刀、出行、開市、開光、造船橋	**宜：**出行 **忌：**嫁娶、動土、開光、安機械、入殮、火葬、進金	**宜：**開光、訂婚、嫁娶、出火、安床、入宅、安香 **忌：**開市、入殮、除靈、破土、火葬、進金	**宜：**出行、買車、開光、訂婚、安床、開市、入殮、除靈 **忌：**動土、入宅、安香、嫁娶、火葬、進金	**宜：**入殮、除靈 **忌：**安床、開光、入宅、嫁娶、火葬、進金	**宜：**祈福、酬神、納畜、牧養、開光、設醮 **忌：**入宅、安香、開市、嫁娶、入殮、火葬
丑寅 卯午	子辰 巳午	卯辰 巳午	子卯 巳午	子卯 辰巳	丑寅 卯午	子辰 巳午	卯辰 巳午
沖羊7 歲煞東	**沖猴6 歲煞北**	**沖雞5 歲煞西**	**沖狗4 歲煞南**	**沖豬3 歲煞東**	**沖鼠2 歲煞北**	**沖牛1 歲煞西**	**沖虎60 歲煞南**
廚灶廁 房內南	倉庫爐 房內南	房床門 房內南	門雞栖 房內東	碓磨床 房內東	廚灶碓 房內東	倉庫廁 房內東	房床爐 房內東

二〇二二年國曆五月

日期	星期	節日節氣	農曆	干支	每日宜忌	每日吉時	每日沖煞	每日胎神占方
1	六	國際勞動節	三月二十	己酉	宜：祈福、酬神、納畜、開光、設醮、齋醮、裁衣、出火、安灶、入宅、安香、洽爐、入殮、移柩、除靈、火葬、進金、安葬、求醫治病 忌：嫁娶	子寅巳午	沖兔59 歲煞東	占大門 外東北
2	日		廿一	庚戌	宜：求醫治病 **月破大耗，宜事不取**	子丑卯巳	沖龍58 歲煞北	碓磨栖 外東北
3	一		廿二	辛亥	**受死又逢重日，宜事刪刊**	丑寅卯午	沖蛇57 歲煞西	廚灶床 外東北
4	二		廿三	壬子	宜：入殮、移柩、除靈、火葬、進金、安葬 **四絕忌吉喜事，惟行喪不忌**	子丑辰巳	沖馬56 歲煞南	倉庫碓 外東北
5	三	立夏	廿四	癸丑	節後**宜：**安灶、入殮、移柩、除靈、破土、火葬、進金、安葬、求醫治病 **正紅紗，14點48分前宜事不取**	寅卯巳午	沖羊55 歲煞東	房床廁 外東北
6	四		廿五	甲寅	宜：捕捉、栽種 忌：開市、動土、入宅、安香、嫁娶、入殮、火葬、進金	子寅卯午	沖猴54 歲煞北	占門爐 外東北
7	五		廿六	乙卯	宜：祈福、酬神、出行、齋醮、訂婚、裁衣、嫁娶、動土、安床、除靈、破土 忌：開光、入宅、安香、造船橋、入殮、火葬、進金	子丑卯巳	沖雞53 歲煞西	碓磨門 外正東

日期	星期	節日	農曆	干支	宜忌	吉時	沖煞	胎神
8	六		廿七	丙辰	**宜：**裁衣、合帳、嫁娶、出火、動土、安床、入宅、安香 **忌：**開市、入學、習藝、入殮、除靈、火葬、進金	子寅卯午	**沖狗52 歲煞南**	廚灶棲外正東
9	日	母親節	廿八	丁巳	**受死又逢重日，吉喜喪事均不取**	子辰巳午	**沖豬51 歲煞東**	倉庫床外正東
10	一		廿九	戊午	**宜：**出行、開光、訂婚、裁衣、嫁娶、出火、入宅、安香、洽爐、掛匾、入殮、移柩、除靈、火葬、進金、安葬、求醫治病 **忌：**安床、動土、牧養	寅卯辰巳	**沖鼠50 歲煞北**	房床碓外正東
11	二		三十	己未	**宜：**結網塞穴 **忌：**入宅、安香、嫁娶、開市、動土、入殮、火葬、進金	子卯巳午	**沖牛49 歲煞西**	占門廁外正東
12	三		四月初一	庚申	**宜：**裁衣、合帳、動土、開市、入殮、移柩、除靈、破土、火葬、進金、安葬 **忌：**開光、安床、入宅、安香、嫁娶、開刀	丑卯辰巳	**沖虎48 歲煞南**	碓磨爐外東南
13	四		四月 初二	辛酉	**宜：**酬神、出行、買車、納畜、開光、齋醮、訂婚、嫁娶、動土、安床、安灶、入宅、安香、洽爐、入殮、除靈、破土、火葬、進金、安葬 **忌：**開市	子丑寅午	**沖兔47 歲煞東**	廚灶門外東南
14	五		初三	壬戌	**宜：**訂婚、裁衣、嫁娶、出火、動土、安床、入宅、安香、洽爐、入殮、移柩、除靈、破土、火葬、進金、安葬、求醫治病 **忌：**開光、開市、牧養	子丑巳午	**沖龍46 歲煞北**	倉庫棲外東南
15	六		初四	癸亥	**宜：**破屋壞垣 **月破大耗，宜事不取**	寅卯辰午	**沖蛇45 歲煞西**	占房床外東南

日期	星期	節日節氣	農曆	干支	每日宜忌	每日吉時	每日沖煞	每日胎神占方
16	日		四月初五	甲子	**宜：**酬神、納畜、開光、訂婚、嫁娶、出火、動土、安床、安灶、入宅、安香、治爐、入殮、除靈、破土、火葬、進金、安葬 **忌：**出行、買車、安機械	子丑卯巳	**沖馬44 歲煞南**	占門碓 外東南
17	一		初六	乙丑	**宜：**祈福、酬神、納畜、開光、齋醮、訂婚、動土、開市、入殮、移柩、除靈、破土、火葬、進金、安葬、求醫治病 **忌：**入宅、安香、嫁娶、入學	寅卯辰巳	**沖羊43 歲煞東**	碓磨廁 外東南
18	二		初七	丙寅	**宜：**出行、訂婚、裁衣、安床 **忌：**入宅、安香、開市、動土、嫁娶、開光、入殮、火葬、進金	子寅卯午	**沖猴42 歲煞北**	廚灶爐 外正南
19	三		初八	丁卯	**宜：**酬神、出行、買車、開光、設齋醮、訂婚、動土、安床、開市、除靈、破土、求醫治病 **忌：**入宅、安香、嫁娶	子辰巳午	**沖雞41 歲煞西**	倉庫門 外正南
20	四		初九	戊辰	**宜：**出行、出火、動土、安床、安灶、入宅、安香、治爐、入殮、除靈、破土 **忌：**開刀、上樑、嫁娶、開光、上官赴任、開刀	寅卯辰巳	**沖狗40 歲煞南**	房床栖 外正南
21	五	小滿	初十	己巳	**受死又逢重日，吉喜喪事均不取**	子卯巳午	**沖豬39 歲煞東**	占門床 外正南
22	六		十一	庚午	**宜：**出行、買車、納畜、訂婚、裁衣、嫁娶、動土、開市、掛匾、入殮、移柩、除靈、破土、火葬、進金、安葬、求醫治病 **忌：**開光、入宅、安香	丑卯辰巳	**沖鼠38 歲煞北**	占碓磨 外正南

31	30	29	28	27	26	25	24	23
一	日	六	五	四	三	二	一	日
二十	十九	十八	十七	十六	十五	十四	十三	十二
己卯	戊寅	丁丑	丙子	乙亥	甲戌	癸酉	壬申	辛未
宜：祈福、酬神、出行、買車、開光、齋醮、訂婚、裁衣、安床、開市、除靈、求醫治病 **忌：**入宅、安香、嫁娶、安機械、入殮、火葬、進金	**宜：**入殮 **忌：**開光、動土、開市、入宅、安香、嫁娶、火葬、進金	**宜：**祈福、酬神、納畜、開光、齋醮、訂婚、裁衣、動土、安床、掛匾、入殮、移柩、除靈、破土、火葬、進金、安葬、求醫治病 **忌：**開市、入宅	**宜：**祈福、酬神、出行、買車、牧養、納畜、設醮、裁衣、合帳、出火、動土、安床、入宅、安香、開市、掛匾 **忌：**開光、嫁娶、洽爐、入殮、除靈	**宜：**破屋壞垣 **月破大耗，宜事不取**	**月全食，宜事不取**	**宜：**酬神、納畜、開光、設齋醮、訂婚、嫁娶、出火、動土、安床、安灶、入宅、安香、開市、掛匾、入殮、除靈、破土、火葬、進金、安葬 **忌：**出行	**宜：**入殮、移柩、除靈、破土、火葬、進金、安葬 **忌：**入宅、安香、開刀、嫁娶、開光、造床	**宜：**開光、訂婚、裁衣、合帳、嫁娶、安床、作灶 **忌：**開市、動土、上官赴任
子卯巳午	寅卯辰巳	子辰巳午	子丑寅卯	子丑卯辰	子丑卯午	寅辰巳午	子辰巳午	子寅卯午
沖雞29 歲煞西	**沖猴30 歲煞北**	**沖羊31 歲煞東**	**沖馬32 歲煞南**	**沖蛇33 歲煞西**	**沖龍34 歲煞北**	**沖兔35 歲煞東**	**沖虎36 歲煞南**	**沖牛37 歲煞西**
占大門 外正西	房床爐 外正西	倉庫廁 外正西	廚灶碓 外西南	碓磨床 外西南	門雞栖 外西南	房床門 外西南	倉庫爐 外西南	廚灶廁 外西南

二〇二二年國曆六月

日期	1	2	3	4	5	6	7
星期	二	三	四	五	六	日	一
節日節氣					芒種		
農曆	四月廿一	廿二	廿三	廿四	廿五	廿六	廿七
干支	庚辰	辛巳	壬午	癸未	甲申	乙酉	丙戌
每日宜忌	**宜：**酬神、出行、買車、齋醮、嫁娶、出火、動土、安床、作灶、入宅、安香、洽爐、入殮、除靈、破土、火葬、進金、安葬 **忌：**開刀、穿井、安門	**受死又逢重日，吉喜喪事均不取**	**宜：**酬神、納畜、齋醮、出火、動土、入宅、安香、洽爐、掛匾、入殮、除靈、破土、火葬、進金、安葬、求醫治病 **忌：**開光、出行、買車、開市	**宜：**嫁娶 **忌：**入宅、安香、動土、入殮、除靈、火葬、進金	節前**宜：**入殮、移柩、除靈、破土、火葬、進金、安葬 節後**宜：**入殮、移柩、除靈、火葬、進金、安葬 **忌：**開市、入宅、安香、嫁娶、開光	**宜：**嫁娶、作灶、入殮、除靈 **忌：**開市、安門、造船橋、火葬、進金	**宜：**祈福、酬神、出行、買車、齋醮、訂婚、裁衣、嫁娶、動土、安床、開市、入殮、移柩、除靈、破土、火葬、進金、安葬 **忌：**開光、入宅、安香
每日吉時	子卯辰巳	子寅卯午	丑辰巳午	寅卯辰巳	子卯巳午	子丑辰巳	丑寅卯午
每日沖煞	**沖狗28 歲煞南**	**沖豬27 歲煞東**	**沖鼠26 歲煞北**	**沖牛25 歲煞西**	**沖虎24 歲煞南**	**沖兔23 歲煞東**	**沖龍22 歲煞北**
每日胎神占方	碓磨栖 外正西	廚灶床 外正西	倉庫碓 外西北	房床廁 外西北	占門爐 外西北	碓磨門 外西北	廚灶栖 外西北

15	14	13	12	11	10	9	8
二	一	日	六	五	四	三	二
	端午節						
初六	初五	初四	初三	初二	五月初一	廿九	廿八
甲午	癸巳	壬辰	辛卯	庚寅	己丑	戊子	丁亥
宜：入殮、移柩、火葬、進金、安葬 **忌：**開光、動土、開市、洽爐、嫁娶	**宜：**裁衣、合帳、嫁娶 **忌：**安床、出行、入宅、安香、買車、入殮、除靈、火葬、進金	**宜：**祈福、酬神、出行、開光、訂婚、裁衣、嫁娶、出火、動土、安床、安灶、入宅、安香、洽爐、破土、求醫治病 **忌：**穿井、合帳、入殮、進金	**凶星多吉星少，宜事不取** **忌：**開市、入宅、安香、嫁娶、開刀、入殮、除靈、火葬、進金、安葬	**宜：**訂婚、裁衣、動土、安床、安灶、掛匾、入殮、移柩、除靈、破土、火葬、進金、安葬、求醫治病 **忌：**開光、造船橋、開刀、入宅、安香、嫁娶	**宜：**出行、開光、動土、安床、入殮、除靈、破土 **忌：**嫁娶、安門、火葬	**宜：**破屋壞垣 **月破大耗又受死值日，宜事不取**	**忌：**入宅、安香、嫁娶、入殮、除靈、洽爐、火葬、進金、安葬
丑卯巳午	卯辰巳午	子辰巳午	丑寅卯午	子卯辰巳	子卯巳午	寅卯辰巳	子丑辰午
沖鼠14 歲煞北	**沖豬15 歲煞東**	**沖狗16 歲煞南**	**沖雞17 歲煞西**	**沖猴18 歲煞北**	**沖羊19 歲煞東**	**沖馬20 歲煞南**	**沖蛇21 歲煞西**
占門碓 房內北	占房床 房內北	倉庫栖 外正北	廚灶門 外正北	碓磨爐 外正北	占門廁 外正北	房床碓 外正北	倉庫床 外西北

	16	17	18	19	20	21	22
星期	三	四	五	六	日	一	二
節日節氣						夏至	
農曆	五月 初七	初八	初九	初十	十一	十二	十三
干支	乙未	丙申	丁酉	戊戌	己亥	庚子	辛丑
每日宜忌	**宜：**祈福、酬神、出行、買車、納畜、設醮、訂婚、裁衣、出火、安床、安香、入宅、開市 **忌：**開光、嫁娶、洽爐、入殮、除靈、火葬、進金、安葬	**宜：**出行、買車、納畜、開光、訂婚、裁衣、嫁娶、出火、入宅、洽爐、開市、入殮、移柩、除靈、火葬、進金、安葬、求醫治病 **忌：**祈福、動土	**忌：**上樑、嫁娶、入宅、安香、入殮、除靈、火葬、進金	**宜：**酬神、出行、買車、納畜、訂婚、嫁娶、出火、動土、安床、入宅、安香、洽爐、開市、入殮、移柩、除靈、破土、火葬、進金、安葬 **忌：**開光	**四離又逢重日，吉喜喪事均不取**	**宜：**破屋壞垣 **月破大耗又逢受死，宜事不取**	**宜：**祈福、酬神、開光、齋醮、裁衣、動土、安床、開市、入殮、移柩、除靈、破土、火葬、進金、安葬 **忌：**嫁娶、安門、入學
每日吉時	子卯辰巳	子丑卯午	子辰巳午	寅卯巳午	子寅卯午	子卯辰巳	丑寅卯午
每日沖煞	**沖牛13 歲煞西**	**沖虎12 歲煞南**	**沖兔11 歲煞東**	**沖龍10 歲煞北**	**沖蛇9 歲煞西**	**沖馬8 歲煞南**	**沖羊7 歲煞東**
每日胎神占方	碓磨廁 房內北	廚灶爐 房內北	倉庫門 房內北	房床栖 房內南	占門床 房內南	占碓磨 房內南	廚灶廁 房內南

30	29	28	27	26	25	24	23
三	二	一	日	六	五	四	三
廿一	二十	十九	十八	十七	十六	十五	十四
己酉	戊申	丁未	丙午	乙巳	甲辰	癸卯	壬寅
是日凶星多吉星少，宜事不取 **忌：**入宅、安香、嫁娶、安門、入殮、除靈、火葬、進金	**宜：**出行、買車、納畜、開光、裁衣、出火、入宅、洽爐、開市、入殮、移柩、除靈、火葬、進金、安葬、求醫治病 **忌：**祈福、嫁娶、造船橋、安香	**宜：**祈福、酬神、出行、買車、納畜、開光、訂婚、裁衣、嫁娶、出火、動土、安床、入宅、安香、掛匾 **忌：**開市、安門、安機械、洽爐、入殮、火葬	**宜：**入殮、移柩、火葬、進金、安葬 **忌：**動土、開光、上官赴任、嫁娶、入宅、安香	**宜：**裁衣、合帳、動土、安灶、入宅 **忌：**開刀、安床、嫁娶、入殮、除靈、火葬、進金、安葬	**宜：**祈福、酬神、出行、納畜、開光、齋醮、訂婚、裁衣、嫁娶、出火、安床、安灶、入宅、安香、洽爐 **忌：**動土、安門、入殮、火葬、進金、安葬	**宜：**作灶、入殮、除靈 **忌：**開市、嫁娶、入宅、安香、開刀、火葬、進金	**宜：**裁衣、合帳、動土、安床、掛匾、入殮、移柩、除靈、破土、火葬、進金、安葬、求醫治病 **忌：**開市、出行、開光、入宅、安香、嫁娶、造船橋
子寅巳午	卯辰巳午	子辰巳午	丑寅卯午	子卯辰巳	子卯巳午	卯辰巳午	子辰巳午
沖兔59 歲煞東	**沖虎60 歲煞南**	**沖牛1 歲煞西**	**沖鼠2 歲煞北**	**沖豬3 歲煞東**	**沖狗4 歲煞南**	**沖雞5 歲煞西**	**沖猴6 歲煞北**
占大門 外東北	房床爐 房內東	倉庫廁 房內東	廚灶碓 房內東	碓磨床 房內東	門雞棲 房內東	房床門 房內南	倉庫爐 房內南

二〇二一年國曆七月

日期	1	2	3	4	5	6
星期	四	五	六	日	一	二
節日節氣						
農曆	五月 廿二	廿三	廿四	廿五	廿六	廿七
干支	庚戌	辛亥	壬子	癸丑	甲寅	乙卯
每日宜忌	**宜：**酬神、出行、買車、納畜、齋醮、訂婚、嫁娶、出火、動土、安床、入宅、安香、洽爐、掛匾、入殮、除靈、破土、火葬、進金、安葬 **忌：**開光	**宜：**祈福、酬神、設醮、訂婚、裁衣、合帳、出火、動土、安床、安灶、入宅、安香、掛匾 **忌：**開光、出行、嫁娶、安門、入殮、除靈、火葬、進金、安葬	**宜：**破屋壞垣 **月破大耗受死值日，宜事不取**	**宜：**動土、安床、入殮、除靈、破土 **忌：**開市、安門、嫁娶、入宅、安香、火葬、進金	**宜：**訂婚、裁衣、合帳、動土、安床、安灶、開市、入殮、移柩、除靈、破土、火葬、進金、安葬、求醫治病 **忌：**開光、入宅、安香、造船橋、嫁娶	**宜：**作灶、入殮、除靈 **忌：**開刀、入宅、安香、開市、嫁娶、火葬、進金、安葬
每日吉時	子丑卯巳	丑寅卯午	子丑辰巳	寅卯巳午	子寅卯午	子丑卯巳
每日沖煞	**沖龍58 歲煞北**	**沖蛇57 歲煞西**	**沖馬56 歲煞南**	**沖羊55 歲煞東**	**沖猴54 歲煞北**	**沖雞53 歲煞西**
每日胎神占方	碓磨栖 外東北	廚灶床 外東北	倉庫碓 外東北	房床廁 外東北	占門爐 外東北	碓磨門 外正東

7	8	9	10	11	12	13	14	15
三	四	五	六	日	一	二	三	四
小暑								
廿八	廿九	三十	六月 初一	初二	初三	初四	初五	初六
丙辰	丁巳	戊午	己未	庚申	辛酉	壬戌	癸亥	甲子
節前**宜：**酬神、出行、納畜、開光、設齋醮、訂婚、嫁娶、出火、動土、安床、入宅、安香、洽爐、掛匾、除靈、破土、求醫治病 節後**宜：**納畜 **忌：**安機械	**宜：**開光、開市、求醫治病 **忌：**入宅、安香、牧養、納畜、洽爐、入殮、除靈、火葬、進金	**受死又逢往亡日，宜事不取**	**宜：**出行、買車、牧養、納畜、裁衣、入宅、開市 **忌：**嫁娶、開光、動土、入殮、除靈、火葬、進金	**宜：**酬神、開光、裁衣、嫁娶、出火、動土、入宅、安香、洽爐、入殮、移柩、除靈、破土、火葬、進金、安葬、求醫治病 **忌：**開市、造船橋、安床	**宜：**牧養、裁衣、合帳、嫁娶、入殮、移柩、除靈、火葬、進金、安葬 **忌：**入宅、安香、動土、開刀、開光、祈福	**宜：**嫁娶、入殮、除靈 **忌：**動土、入宅、安香、上官赴任、入學、火葬、進金	**忌正四廢又逢重日，宜事不取**	**宜：**祈福、酬神、牧養、納畜、訂婚、裁衣、合帳、安床、入殮、移柩、破土、火葬、進金、安葬 **忌：**入宅、安香、安門、嫁娶、洽爐、除靈
子寅卯午	子辰巳午	寅卯辰巳	子卯巳午	丑卯辰巳	子丑寅午	子丑巳午	寅卯辰午	子丑卯巳
沖狗52 歲煞南	**沖豬51 歲煞東**	**沖鼠50 歲煞北**	**沖牛49 歲煞西**	**沖虎48 歲煞南**	**沖兔47 歲煞東**	**沖龍46 歲煞北**	**沖蛇45 歲煞西**	**沖馬44 歲煞南**
廚灶棲 外正東	倉庫床 外正東	房床碓 外正東	占門廁 外正東	碓磨爐 外東南	廚灶門 外東南	倉庫棲 外東南	占房床 外東南	占門碓 外東南

日期	16	17	18	19	20	21	22
星期	五	六	日	一	二	三	四
節日節氣							大暑
農曆	六月初七	初八	初九	初十	十一	十二	十三
干支	乙丑	丙寅	丁卯	戊辰	己巳	庚午	辛未
每日宜忌	**宜：**破屋壞垣 **月破大耗又逢正紅紗，宜事不取**	**宜：**出行、買車、開光、訂婚、裁衣、嫁娶、出火、動土、安床、入宅、洽爐、開市、入殮、移柩、除靈、破土、火葬、進金、安葬 **忌：**安門、入學	**宜：**酬神、出行、買車、訂婚、出火、動土、安床、入宅、安香、洽爐、開市、入殮、除靈、破土、火葬、進金、安葬、求醫治病 **忌：**上樑、開光	**宜：**作灶 **忌：**開市、安床、酬神、入宅、安香、嫁娶、入殮、除靈、火葬、進金	**宜：**祈福、酬神、納畜、裁衣、嫁娶、出火、作灶、入宅、安香、開市、求醫治病 **忌：**開光、求嗣、入殮、除靈、火葬、進金、安葬	**宜：**入殮、移柩、除靈、火葬、安葬 **受死忌吉喜事，惟行喪不忌**	**宜：**祈福、酬神、出行、買車、納畜、訂婚、裁衣、嫁娶、安床、入宅、安香、開市 **忌：**動土、洽爐、入殮、除靈、火葬、進金
每日吉時	寅卯辰巳	子寅卯午	子辰巳午	寅卯辰巳	子卯巳午	丑卯辰巳	子寅卯午
每日沖煞	**沖羊43 歲煞東**	**沖猴42 歲煞北**	**沖雞41 歲煞西**	**沖狗40 歲煞南**	**沖豬39 歲煞東**	**沖鼠38 歲煞北**	**沖牛37 歲煞西**
每日胎神占方	碓磨廁外東南	廚灶爐外正南	倉庫門外正南	房床棲外正南	占門床外正南	占碓磨外正南	廚灶廁外西南

31	30	29	28	27	26	25	24	23
六	五	四	三	二	一	日	六	五
廿二	廿一	二十	十九	十八	十七	十六	十五	十四
庚辰	己卯	戊寅	丁丑	丙子	乙亥	甲戌	癸酉	壬申
宜：牧養、納畜、作灶 **忌**：安床、入宅、安香、嫁娶、入殮、除靈、火葬、進金	**宜**：祈福、酬神、開光、設醮、訂婚、安床、安灶、開市、掛匾 **忌**：入宅、安香、嫁娶、開刀、安門、入殮、除靈	**宜**：出行、開光、訂婚、嫁娶、出火、安床、安灶、入宅、洽爐、掛匾、入殮、移柩、除靈、火葬、進金、安葬 **忌**：開刀、安門、造船橋、牧養、納畜	**月破大耗正紅紗，宜事不取**	**宜**：入殮、移柩、火葬、進金、安葬 **忌**：開市、入宅、安香、造船橋、洽爐、嫁娶、安門	**宜**：祈福、酬神、出行、買車、牧養、納畜、設醮、訂婚、裁衣、出火、安床、安灶、入宅、安香、開市 **忌**：開光、嫁娶、入殮、除靈、火葬、進金	**宜**：祈福、酬神、裁衣、嫁娶 **忌**：動土、入宅、安香、入殮、除靈、火葬、進金	**宜**：出行、牧養、納畜、裁衣、合帳、安床、入殮、移柩、除靈、火葬、進金、安葬 **忌**：入宅、安香、動土、開光、嫁娶、開市	**宜**：祈福、酬神、開光、齋醮、嫁娶、開市、入殮、移柩、除靈、火葬、進金、安葬、求醫治病 **忌**：造船橋、出行、入宅、安香、買車
子卯辰巳	子卯巳午	寅卯辰巳	子辰巳午	子丑寅卯	子丑卯辰	子丑卯午	寅辰巳午	子辰巳午
沖狗28 **歲煞南**	**沖雞29** **歲煞西**	**沖猴30** **歲煞北**	**沖羊31** **歲煞東**	**沖馬32** **歲煞南**	**沖蛇33** **歲煞西**	**沖龍34** **歲煞北**	**沖兔35** **歲煞東**	**沖虎36** **歲煞南**
碓磨栖 外正西	占大門 外正西	房床爐 外正西	倉庫廁 外正西	廚灶碓 外西南	碓磨床 外西南	門雞栖 外西南	房床門 外西南	倉庫爐 外西南

二〇二二年國曆八月

日期	星期	節日節氣	農曆	干支	每日宜忌	每日吉時	每日沖煞	每日胎神占方
1	日		六月廿三	辛巳	**宜：**祈福、酬神、訂婚、求醫治病 **忌：**出行、開光、買車、入宅、安香、求嗣、嫁娶、入殮、除靈、火葬、進金	子寅卯午	**沖豬27 歲煞東**	廚灶床 外正西
2	一		廿四	壬午	**宜：**入殮、移柩、除靈、火葬、安葬 **受死忌吉喜事，惟行喪不忌**	丑辰巳午	**沖鼠26 歲煞北**	倉庫碓 外西北
3	二		廿五	癸未	**宜：**出行、買車、裁衣、合帳 **忌：**開光、入宅、安香、嫁娶、動土、入殮、除靈、火葬、進金	寅卯辰巳	**沖牛25 歲煞西**	房床廁 外西北
4	三		廿六	甲申	**宜：**祈福、酬神、出行、買車、開光、設齋醮、訂婚、裁衣、嫁娶、掛匾、入殮、移柩、除靈、火葬、進金、安葬、求醫治病 **忌：**開市、安門、入宅、安香	子卯巳午	**沖虎24 歲煞南**	占門爐 外西北
5	四		廿七	乙酉	**宜：**出行、買車、納畜、裁衣、嫁娶、安床、開市、入殮、移柩、除靈、火葬、進金、安葬 **忌：**動土、入宅、安香、開刀、上官赴任、開光	子丑辰巳	**沖兔23 歲煞東**	碓磨門 外西北
6	五		廿八	丙戌	**宜：**入殮、除靈 **四絕忌吉喜事，平日安葬故刪**	丑寅卯午	**沖龍22 歲煞北**	廚灶栖 外西北
7	六	立秋	廿九	丁亥	節前**宜：**祈福、酬神、納畜、開光、設醮、裁衣、出火、入宅、安香、掛匾 **過午後，陽事不取** **忌：**洽爐、入殮	子丑辰午	**沖蛇21 歲煞西**	倉庫床 外西北

15	14	13	12	11	10	9	8
日	六	五	四	三	二	一	日
初八	初七	初六	初五	初四	初三	初二	七月 初一
乙未	甲午	癸巳	壬辰	辛卯	庚寅	己丑	戊子
宜：祈福、酬神、設醮、齋醮、安床、安灶、入殮、除靈 **忌：**開刀、入宅、安香、嫁娶、火葬、進金	**宜：**祈福、出行、買車、設齋醮、訂婚、動土、安床、開市、除靈、破土 **忌：**入宅、開光、嫁娶	**宜：**祈福、訂婚、裁衣、合帳、嫁娶、出火、動土、安床、安灶、入宅、安香 **忌：**開光、開刀、開市、治爐、入殮、除靈、火葬、進金、安葬	**宜：**祈福、開光、訂婚、嫁娶、動土、開市、入殮、移柩、破土、火葬、進金、安葬 **忌：**開刀、出行、買車、入宅、安香、牧養、納畜	**宜：**祈福、開光、齋醮、裁衣、嫁娶、入殮、移柩、除靈、火葬、進金、安葬 **忌：**動土、安床、上官赴任、入學、造宅	**宜：**求醫治病、破屋壞垣 **月破大耗，宜事不取**	**宜：**入殮、移柩、除靈、破土、火葬、安葬 **受死忌吉喜事，惟行喪不忌**	**宜：**祈福、出行、納畜、訂婚、裁衣、動土、安床、掛匾、入殮、移柩、除靈、破土、火葬、進金、安葬 **忌：**開市、入宅、安香、嫁娶、安機械
子卯辰巳	丑卯巳午	卯辰巳午	子辰巳午	丑寅卯午	子卯辰巳	子卯巳午	寅卯辰巳
沖牛13 歲煞西	**沖鼠14 歲煞北**	**沖豬15 歲煞東**	**沖狗16 歲煞南**	**沖雞17 歲煞西**	**沖猴18 歲煞北**	**沖羊19 歲煞東**	**沖馬20 歲煞南**
碓磨廁房內北	占門碓房內北	占房床房內北	倉庫栖外正北	廚灶門外正北	碓磨爐外正北	占門廁外正北	房床碓外正北

日期	星期	節日節氣	農曆	干支	每日宜忌	每日吉時	每日沖煞	每日胎神占方
16	一		七月初九	丙申	**宜：**出行、牧養、納畜、裁衣、入殮、移柩、除靈、火葬、進金、安葬 **忌：**動土、安門、上樑、上官赴任、入學、嫁娶、入宅、安香	子丑卯午	**沖虎12 歲煞南**	廚灶爐 房內北
17	二		初十	丁酉	**宜：**祈福、酬神、牧養、納畜、訂婚、裁衣、動土、安床、入殮、移柩、破土、火葬、進金、安葬 **忌：**開光、安門、治爐、入宅、安香、除靈	子辰巳午	**沖兔11 歲煞東**	倉庫門 房內北
18	三		十一	戊戌	**宜：**出行、牧養、納畜、開光、訂婚、裁衣、合帳、出火、安床、入宅、求醫治病 **忌：**開市、上樑、嫁娶、動土、安門、入殮、除靈、火葬、進金	寅卯巳午	**沖龍10 歲煞北**	房床栖 房內南
19	四		十二	己亥	**宜：**修飾垣墻、沐浴、平治道塗 **忌：**嫁娶、入宅、安香、入殮、除靈、火葬	子寅卯午	**沖蛇9 歲煞西**	占門床 房內南
20	五		十三	庚子	**宜：**祈福、酬神、出行、納畜、開光、設醮、訂婚、裁衣、嫁娶、出火、動土、安床、入宅、安香、掛匾 **忌：**開市、入殮、除靈、火葬、進金	子卯辰巳	**沖馬8 歲煞南**	占碓磨 房內南
21	六		十四	辛丑	**宜：**入殮、移柩、除靈、破土、火葬、安葬 **受死忌吉喜事，惟行喪不忌**	丑寅卯午	**沖羊7 歲煞東**	廚灶廁 房內南
22	日		十五	壬寅	**宜：**破屋壞垣 **月破大耗，宜事不取**	子辰巳午	**沖猴6 歲煞北**	倉庫爐 房內南

23	一	處暑	十六	癸卯	宜：祈福、出行、買車、納畜、開光、齋醮、訂婚、嫁娶、出火、入宅、安香、洽爐、開市、掛匾、入殮、除靈、火葬、進金、安葬	忌：動土、安床	卯辰巳午	沖雞5 歲煞西	房床門 房內南
24	二		十七	甲辰	宜：祈福、酬神、開光、訂婚、裁衣、出火、動土、安灶、入宅、安香、洽爐、掛匾、入殮、除靈、破土、求醫治病	忌：開刀、嫁娶、牧養、火葬	子卯巳午	沖狗4 歲煞南	門雞栖 房內東
25	三		十八	乙巳	宜：訂婚、裁衣、嫁娶、動土、安床、作灶、開市	忌：開光、開刀、入宅、安香、入殮、火葬	子卯辰巳	沖豬3 歲煞東	碓磨床 房內東
26	四		十九	丙午	宜：祈福、出行、開光、齋醮、訂婚、裁衣、嫁娶、動土、安床、除靈、破土、求醫治病	忌：入宅、安香、開刀、開市、入殮、火葬	丑寅卯午	沖鼠2 歲煞北	廚灶碓 房內東
27	五		二十	丁未	宜：祈福、出行、齋醮、裁衣、嫁娶、動土、安床、入殮、移柩、除靈、破土、火葬、進金、安葬、求醫治病	忌：入宅、安香、開刀、造船橋、剃頭	子辰巳午	沖牛1 歲煞西	倉庫廁 房內東
28	六		廿一	戊申	宜：祈福、酬神、出行、納畜、開光、設醮、齋醮、裁衣、入宅、安香、洽爐、入殮、移柩、除靈、火葬、進金、安葬、求醫治病	忌：嫁娶、動土	卯辰巳午	沖虎60 歲煞南	房床爐 房內東
29	日		廿二	己酉	宜：祈福、酬神、動土、入殮、移柩、破土、火葬、進金、安葬	忌：開光、安門、嫁娶、入宅、安香、開市、出行、買車	子寅巳午	沖兔59 歲煞東	占大門 外東北
30	一		廿三	庚戌	宜：補垣塞穴、會親友	忌：開光、嫁娶、出行、入宅、安香、動土、入殮	子丑卯巳	沖龍58 歲煞北	碓磨栖 外東北
31	二		廿四	辛亥	宜：作灶	忌：嫁娶、造床、求嗣、入宅、安香、入殮、除靈、火葬	丑寅卯午	沖蛇57 歲煞西	廚灶床 外東北

二〇二一年國曆九月

日期	1	2	3	4	5	6
星期	三	四	五	六	日	一
節日節氣						
農曆	七月 廿五	廿六	廿七	廿八	廿九	三十
干支	壬子	癸丑	甲寅	乙卯	丙辰	丁巳
每日宜忌	**宜：**酬神、出行、納畜、開光、設醮、齋醮、訂婚、動土、安床、掛匾、入殮、除靈、破土、火葬、進金、安葬 **忌：**嫁娶、入宅、安香、開市、造船橋	**宜：**入殮、移柩、除靈、破土、火葬、安葬 **受死忌吉喜事，惟行喪不忌**	**宜：**破屋壞垣 **月破大耗，宜事不取**	**宜：**入殮、移柩、除靈、火葬、進金、安葬 **正四廢日忌吉喜事，惟行喪不忌**	**宜：**祈福、齋醮、訂婚、嫁娶、動土、安床、開市、掛匾、入殮、除靈、破土、火葬、進金、安葬、求醫治病 **忌：**入宅、安香、開刀、牧養、納畜	**宜：**祈福、酬神、訂婚、裁衣、合帳、嫁娶、出火、入宅、安香 **忌：**開光、開市、開刀、入殮、除靈、火葬、進金
每日吉時	子丑辰巳	寅卯巳午	子寅卯午	子丑卯巳	子寅卯午	子辰巳午
每日沖煞	**沖馬56 歲煞南**	**沖羊55 歲煞東**	**沖猴54 歲煞北**	**沖雞53 歲煞西**	**沖狗52 歲煞南**	**沖豬51 歲煞東**
每日胎神占方	倉庫碓外東北	房床廁外東北	占門爐外東北	碓磨門外正東	廚灶棲外正東	倉庫床外正東

7	8	9	10	11	12	13	14	15
二	三	四	五	六	日	一	二	三
白露								
八月 初一	初二	初三	初四	初五	初六	初七	初八	初九
戊午	己未	庚申	辛酉	壬戌	癸亥	甲子	乙丑	丙寅
節前**宜：**祈福、酬神、訂婚、裁衣、安床、除靈 節後**宜：**入殮、除靈 **忌：**開光、入宅、安香、嫁娶、動土、火葬、進金	**宜：**除靈 **受死又逢開日，忌吉喜事安葬刪刊**	**宜：**出行、買車、合帳、嫁娶、出火、動土、安灶、入宅、入殮、破土、火葬、進金、安葬 **忌：**開光、洽爐	**宜：**祈福、酬神 **忌：**動土、嫁娶、入宅、安香、入殮、除靈、火葬、進金	**宜：**訂婚、嫁娶、安床 **忌：**出行、買車、開刀、入宅、安香、入殮、除靈、火葬	**宜：**出行、買車、開光、作灶、開市 **忌：**動土、嫁娶、入宅、安香、入殮、除靈、火葬、進金	**宜：**祭祀、沐浴、平治道塗 **忌：**開光、嫁娶、入宅、安香、動土、入殮、除靈、火葬、進金	**宜：**酬神、出行、開光、齋醮、訂婚、嫁娶、動土、安床、入宅、安香、開市、入殮、除靈、破土、火葬、進金、安葬 **忌：**安門	**宜：**除靈、移柩、火葬、進金、安葬 **忌：**嫁娶、開光、安床、入宅、安香
寅卯辰巳	子卯巳午	丑卯辰巳	子丑寅午	子丑巳午	寅卯辰午	子丑卯巳	寅卯辰巳	子寅卯午
沖鼠50 歲煞北	**沖牛49 歲煞西**	**沖虎48 歲煞南**	**沖兔47 歲煞東**	**沖龍46 歲煞北**	**沖蛇45 歲煞西**	**沖馬44 歲煞南**	**沖羊43 歲煞東**	**沖猴42 歲煞北**
房床碓 外正東	占門廁 外正東	碓磨爐 外東南	廚灶門 外東南	倉庫栖 外東南	占房床 外東南	占門碓 外東南	碓磨廁 外東南	廚灶爐 外正南

日期	星期	節日節氣	農曆	干支	每日宜忌	每日吉時	每日沖煞	每日胎神占方
16	四		八月初十	丁卯	宜：求醫治病、破屋壞垣 **月破大耗，宜事不取**	子辰巳午	**沖雞41 歲煞西**	倉庫門 外正南
17	五		十一	戊辰	宜：出行、買車、裁衣、合帳、嫁娶、安床、安灶、入宅、安香、洽爐、開市、入殮、除靈、破土 忌：開光、穿井、火葬、進金、安葬	寅卯辰巳	**沖狗40 歲煞南**	房床栖 外正南
18	六		十二	己巳	宜：祈福、酬神、開光、裁衣、合帳、嫁娶、出火、動土、安床、安灶、入宅、安香、開市、掛匾 忌：開刀、入殮、除靈、火葬、進金、安葬	子卯巳午	**沖豬39 歲煞東**	占門床 外正南
19	日		十三	庚午	宜：裁衣、合帳、嫁娶、入殮、除靈 忌：入宅、安香、上官赴任、入學、求嗣、火葬、進金	丑卯辰巳	**沖鼠38 歲煞北**	占碓磨 外正南
20	一		十四	辛未	**受死又逢重喪日，吉喜喪事均不取**	子寅卯午	**沖牛37 歲煞西**	廚灶廁 外西南
21	二	中秋節	十五	壬申	宜：納畜、出火、動土、安灶、入宅、入殮、破土、火葬、進金、安葬 忌：嫁娶	子辰巳午	**沖虎36 歲煞南**	倉庫爐 外西南
22	三		十六	癸酉	宜：入殮、除靈 **四離又逢月建，吉喜行喪不取**	寅辰巳午	**沖兔35 歲煞東**	房床門 外西南
23	四	秋分	十七	甲戌	宜：酬神、裁衣、動土 忌：出火、嫁娶、入宅、安香、入殮、除靈、火葬、進金	子丑卯午	**沖龍34 歲煞北**	門雞栖 外西南

30	29	28	27	26	25	24
四	三	二	一	日	六	五
		教師節				
廿四	廿三	廿二	廿一	二十	十九	十八
辛巳	庚辰	己卯	戊寅	丁丑	丙子	乙亥
宜：祈福、酬神、開光、設醮、訂婚、裁衣、合帳、嫁娶、出火、動土、安床、安灶、入宅、安香、開市、掛匾、求醫治病 **忌**：開刀、入殮、洽爐	**宜**：酬神、納畜、齋醮、出火、動土、安床、安灶、入宅、安香、洽爐、入殮、除靈、破土、火葬、進金、安葬 **忌**：出行、買車、開市、嫁娶、安機械	**宜**：求醫治病、破屋壞垣 **月破大耗，宜事不取**	**宜**：開光、訂婚、裁衣、合帳、動土、入殮、移柩、除靈、破土、火葬、進金、安葬 **忌**：安床、安門、入宅、安香、嫁娶	**宜**：酬神、出行、買車、開光、齋醮、訂婚、嫁娶、出火、動土、安床、安灶、入宅、安香、開市、掛匾、入殮、破土、火葬、進金、安葬 **忌**：安門	**宜**：入殮、除靈、破土 **忌**：開光、入宅、安香、嫁娶、火葬、進金、安葬	**宜**：開光、訂婚、安床、安灶、掛匾 **忌**：開市、入宅、安香、嫁娶、入殮、除靈、火葬、進金
子寅卯午	子卯辰巳	子卯巳午	寅卯辰巳	子辰巳午	子丑寅卯	子丑卯辰
沖豬27 歲煞東	**沖狗28 歲煞南**	**沖雞29 歲煞西**	**沖猴30 歲煞北**	**沖羊31 歲煞東**	**沖馬32 歲煞南**	**沖蛇33 歲煞西**
廚灶床 外正西	碓磨栖 外正西	占大門 外正西	房床爐 外正西	倉庫廁 外正西	廚灶碓 外西南	碓磨床 外西南

二〇二二年國曆十月

日期	星期	節日節氣	農曆	干支	每日宜忌	每日吉時	每日沖煞	每日胎神占方
1	五		八月廿五	壬午	宜：入殮、除靈 **忌：**開光、嫁娶、入宅、安香、開刀、開市、火葬、進金	丑辰巳午	**沖鼠26 歲煞北**	倉庫碓 外西北
2	六		廿六	癸未	宜：除靈 **受死又逢開日忌，吉喜喪事均不取**	寅卯辰巳	**沖牛25 歲煞西**	房床廁 外西北
3	日		廿七	甲申	宜：出行、買車、裁衣、合帳、嫁娶、動土、安灶、入殮、移柩、破土、火葬、進金、安葬 **忌：**開刀、入宅、安香、開光、穿井	子卯巳午	**沖虎24 歲煞南**	占門爐 外西北
4	一		廿八	乙酉	宜：出行、入殮、移柩、除靈、火葬、進金、安葬 **忌：**開市、設醮、齋醮、動土、嫁娶	子丑辰巳	**沖兔23 歲煞東**	碓磨門 外西北
5	二		廿九	丙戌	宜：祈福、酬神、出行、開光、設醮、裁衣、合帳、嫁娶、動土、安床 **忌：**開刀、安門、入宅、安香、入殮、除靈、火葬、進金	丑寅卯午	**沖龍22 歲煞北**	廚灶棲 外西北
6	三		九月初一	丁亥	宜：出行、買車、開光、裁衣、合帳、出火、安床、入宅、開市 **忌：**嫁娶、祈福、動土、安機械、入殮、除靈、火葬	子丑辰午	**沖蛇21 歲煞西**	倉庫床 外西北
7	四		初二	戊子	宜：入殮、除靈、破土 **忌：**開光、造船橋、求嗣、嫁娶、入宅、安香、火葬	寅卯辰巳	**沖馬20 歲煞南**	房床碓 外正北

8	9	10	11	12	13	14	15
五	六	日	一	二	三	四	五
寒露		雙十國慶紀念日				重陽節	
初三	初四	初五	初六	初七	初八	初九	初十
己丑	庚寅	辛卯	壬辰	癸巳	甲午	乙未	丙申
節前**宜：**酬神、出行、開光、齋醮、訂婚、嫁娶、安床、掛匾、入殮、移柩、除靈、破土、火葬、進金、安葬 **正紅紗，宜事不取**	**宜：**入殮、移柩、除靈、破土、火葬、安葬 **受死忌吉喜事，惟行喪不忌**	**宜：**酬神、開光、齋醮、嫁娶、出火、動土、安床、安灶、入宅、安香、洽爐、掛匾、入殮、除靈、破土、火葬、進金、安葬、求醫治病 **忌：**出行	**宜：**破屋壞垣 **月破大耗，宜事不取**	**宜：**訂婚、裁衣、合帳、動土、安床、入宅 **忌：**開刀、嫁娶、開光、洽爐、入殮、除靈、火葬、進金	**宜：**酬神、出行、開光、齋醮、訂婚、嫁娶、出火、動土、安床、安灶、入宅、安香、開市、掛匾、入殮、除靈、火葬、進金、安葬 **忌：**開刀	**宜：**作灶、入殮、除靈 **忌：**嫁娶、動土、入宅	**宜：**祈福、酬神、出行、買車、納畜、齋醮、訂婚、裁衣、嫁娶、出火、動土、入宅、安香、洽爐、開市、除靈、破土、求醫治病 **忌：**開光、安門
子卯巳午	子卯辰巳	丑寅卯午	子辰巳午	卯辰巳午	丑卯巳午	子卯辰巳	子丑卯午
沖羊19 歲煞東	**沖猴18 歲煞北**	**沖雞17 歲煞西**	**沖狗16 歲煞南**	**沖豬15 歲煞東**	**沖鼠14 歲煞北**	**沖牛13 歲煞西**	**沖虎12 歲煞南**
占門廁 外正北	碓磨爐 外正北	廚灶門 外正北	倉庫棲 外正北	占房床 房內北	占門碓 房內北	碓磨廁 房內北	廚灶爐 房內北

日期	16	17	18	19	20	21	22	23
星期	六	日	一	二	三	四	五	六
節日節氣								霜降
農曆	九月十一	十二	十三	十四	十五	十六	十七	十八
干支	丁酉	戊戌	己亥	庚子	辛丑	壬寅	癸卯	甲辰
每日宜忌	**宜：**裁衣、合帳、嫁娶、安床、入殮、移柩、除靈、破土、火葬、進金、安葬 **忌：**開市、安門、分居、開刀、安門、入宅、安香	**宜：**作染、割蜜、造畜稠、栖棧 **忌：**動土、上樑、嫁娶、入宅、安香、入殮、火葬	**宜：**剃頭、進人口 **忌：**動土、祈福、酬神、嫁娶、入宅、安香、入殮、火葬、進金	**宜：**牧養、安床、入殮、移柩、除靈、火葬、進金、安葬 **忌：**動土、入宅、安香、出行、買車、開光、開市、嫁娶	**正紅紗，宜事不取**	**宜：**入殮、移柩、除靈、火葬、安葬 **受死忌吉喜事，惟行喪不忌**	**宜：**祈福、酬神、出行、開光、齋醮、訂婚、安床、安灶、入殮、除靈 **忌：**開市、入宅、安香、嫁娶、火葬、進金	**月破大耗，宜事不取**
每日吉時	子辰巳午	寅卯巳午	子寅卯午	子卯辰巳	丑寅卯午	子辰巳午	卯辰巳午	子卯巳午
每日沖煞	**沖兔11 歲煞東**	**沖龍10 歲煞北**	**沖蛇9 歲煞西**	**沖馬8 歲煞南**	**沖羊7 歲煞東**	**沖猴6 歲煞北**	**沖雞5 歲煞西**	**沖狗4 歲煞南**
每日胎神占方	倉庫門 房內北	房床栖 房內南	占門床 房內南	占碓磨 房內南	廚灶廁 房內南	倉庫爐 房內南	房床門 房內南	門雞栖 房內東

31	30	29	28	27	26	25	24
日	六	五	四	三	二	一	日
						臺灣光復節	
廿六	廿五	廿四	廿三	廿二	廿一	二十	十九
壬子	辛亥	庚戌	己酉	戊申	丁未	丙午	乙巳
宜：開市、入殮、移柩、除靈、火葬、進金、安葬 **忌：**入宅、安香、嫁娶、開光、安機械	**宜：**祈福、酬神、出行、牧養、納畜、開光、設醮、裁衣、合帳、安床、求醫治病 **忌：**動土、入宅、安香、嫁娶、入殮、除靈、火葬、進金	**宜：**出行、牧養、納畜、裁衣、合帳、嫁娶、入宅、安香 **忌：**動土、造床、治爐、入殮、除靈、火葬、進金	**宜：**裁衣、合帳、安灶 **忌：**嫁娶、開刀、出行、買車、安門、開光、穿井、入殮、火葬、進金	**宜：**祈福、酬神、出行、牧養、納畜、求醫治病 **忌：**嫁娶、入宅、安香、開光、安門、開市、入殮、火葬、進金	**宜：**祭祀、捕捉、畋獵 **忌：**入宅、安香、嫁娶、入殮、火葬、進金	**宜：**酬神、出行、買車、開光、訂婚、合帳、嫁娶、安床、開市、掛匾、入殮、除靈、火葬、進金、安葬、求醫治病 **忌：**造船橋、入宅、安香、開刀	**宜：**訂婚、裁衣、嫁娶、安床 **忌：**開市、開刀、安機械、入宅、安香、入殮、火葬、進金、安葬
子丑辰巳	丑寅卯午	子丑卯巳	子寅巳午	卯辰巳午	子辰巳午	丑寅卯午	子卯辰巳
沖馬56 歲煞南	**沖蛇57 歲煞西**	**沖龍58 歲煞北**	**沖兔59 歲煞東**	**沖虎60 歲煞南**	**沖牛1 歲煞西**	**沖鼠2 歲煞北**	**沖豬3 歲煞東**
倉庫碓 外東北	廚灶床 外東北	碓磨栖 外東北	占大門 外東北	房床爐 房內東	倉庫廁 房內東	廚灶碓 房內東	碓磨床 房內東

二〇二一年國曆十一月

日期	星期	節日節氣	農曆	干支	每日宜忌	每日吉時	每日沖煞	每日胎神占方
1	一		九月廿七	癸丑	**正紅紗，宜事不取**	寅卯 巳午	**沖羊55 歲煞東**	房床廁 外東北
2	二		廿八	甲寅	**宜：**入殮、移柩、除靈、火葬、安葬 **受死忌吉喜事，惟行喪不忌**	子寅 卯午	**沖猴54 歲煞北**	占門爐 外東北
3	三		廿九	乙卯	**宜：**入殮、移柩、除靈、火葬、進金、安葬 **正四廢忌吉喜事，惟行喪不忌**	子丑 卯巳	**沖雞53 歲煞西**	碓磨門 外正東
4	四		三十	丙辰	**月破大耗，宜事不取**	子寅 卯午	**沖狗52 歲煞南**	廚灶棲 外正東
5	五		十月初一	丁巳	**宜：**訂婚 **忌：**開光、嫁娶、入宅、安香、開刀、入殮、除靈、火葬、進金	子辰 巳午	**沖豬51 歲煞東**	倉庫床 外正東
6	六		初二	戊午	**宜：**求醫治病、祭祀、拆卸、結網 **四絕又逢重喪，吉喜喪事均不取**	寅卯 辰巳	**沖鼠50 歲煞北**	房床碓 外正東
7	日	立冬	初三	己未	節前**宜：**作灶 節後**宜：**入殮、移柩、除靈、破土、火葬、進金、安葬 **忌：**嫁娶、開光、求嗣、栽種	子卯 巳午	**沖牛49 歲煞西**	占門廁 外正東

8	9	10	11	12	13	14	15
一	二	三	四	五	六	日	一
初四	初五	初六	初七	初八	初九	初十	十一
庚申	辛酉	壬戌	癸亥	甲子	乙丑	丙寅	丁卯
宜：入殮、除靈 **受死又逢收日，吉喜喪事均不取**	**宜：**祈福、酬神、開光、齋醮、嫁娶、動土、安床、除靈、破土 **忌：**入宅、安香、開刀、出行、買車、入殮、火葬、進金	**宜：**裁衣、合帳、嫁娶、安床 **忌：**開刀、上官赴任、入學、入殮、除靈、火葬	**宜：**祭祀、沐浴 **忌：**動土、開光、嫁娶、開市、洽爐、入宅、安香、開刀、入殮、除靈、火葬	**宜：**出行、買車、開光、訂婚、嫁娶、動土、開市、掛匾、入殮、除靈、破土、火葬、進金、安葬、求醫治病 **忌：**入宅、安床	**宜：**牧養、剃頭、會親友、補垣塞穴 **忌：**嫁娶、入宅、安香、動土、安門、開光、入殮、除靈、火葬	**宜：**出行、買車、牧養、納畜、訂婚、裁衣、嫁娶、動土、安床、入宅、洽爐、入殮、移柩、除靈、破土、火葬、進金、安葬 **忌：**安門、開市、安香	**宜：**酬神、出行、買車、納畜、訂婚、嫁娶、出火、動土、安床、入宅、安香、洽爐、開市、掛匾、入殮、除靈、破土、火葬、進金、安葬 **忌：**開光
丑卯辰巳	子丑寅午	子丑巳午	寅卯辰午	子丑卯巳	寅卯辰巳	子寅卯午	子辰巳午
沖虎48 歲煞南	**沖兔47 歲煞東**	**沖龍46 歲煞北**	**沖蛇45 歲煞西**	**沖馬44 歲煞南**	**沖羊43 歲煞東**	**沖猴42 歲煞北**	**沖雞41 歲煞西**
碓磨爐 外東南	廚灶門 外東南	倉庫栖 外東南	占房床 外東南	占門碓 外東南	碓磨廁 外東南	廚灶爐 外正南	倉庫門 外正南

日期	星期	節日節氣	農曆	干支	每日宜忌	每日吉時	每日沖煞	每日胎神占方
16	二		十月十二	戊辰	**宜：**開光、裁衣、合帳、安床、入殮、移柩、除靈、火葬、進金、安葬 **忌：**入宅、安香、嫁娶、出行、買車、動土	寅卯辰巳	**沖狗40 歲煞南**	房床栖 外正南
17	三		十三	己巳	**宜：**求醫治病、破屋壞垣 **月破大耗，宜事不取**	子卯巳午	**沖豬39 歲煞東**	占門床 外正南
18	四		十四	庚午	**宜：**酬神、開光、齋醮、訂婚、嫁娶、出火、動土、安灶、入宅、安香、洽爐、掛匾、入殮、除靈、破土、火葬、進金、安葬 **忌：**買車、安床、開市	丑卯辰巳	**沖鼠38 歲煞北**	占碓磨 外正南
19	五		十五	辛未	**真滅沒，宜事不取**	子寅卯午	**沖牛37 歲煞西**	廚灶廁 外西南
20	六		十六	壬申	**受死又逢收日，宜事不取**	子辰巳午	**沖虎36 歲煞南**	倉庫爐 外西南
21	日		十七	癸酉	**宜：**祈福、酬神、出行、買車、齋醮、裁衣、動土、安床、開市、除靈、破土、求醫治病 **忌：**入宅、安香、嫁娶、開光、入殮、火葬、進金、安葬	寅辰巳午	**沖兔35 歲煞東**	房床門 外西南
22	一	小雪	十八	甲戌	**宜：**祈福、酬神、出行、齋醮、訂婚、嫁娶、動土、入殮、移柩、除靈、火葬 **忌：**入宅、安香、開刀、開市、上官赴任、入學	子丑卯午	**沖龍34 歲煞北**	門雞栖 外西南
23	二		十九	乙亥	**宜：**出行 **忌：**動土、開刀、洽爐、開光、嫁娶、入宅、安香、入殮、除靈、火葬	子丑卯辰	**沖蛇33 歲煞西**	碓磨床 外西南

30	29	28	27	26	25	24
二	一	日	六	五	四	三
廿六	廿五	廿四	廿三	廿二	廿一	二十
壬午	辛巳	庚辰	己卯	戊寅	丁丑	丙子
宜：祈福、酬神、出行、買車、納畜、開光、設醮、訂婚、裁衣、嫁娶、出火、動土、安灶、入宅、安香、掛匾 **忌：**開市、造船橋、安床、入殮、除靈	**宜：**求醫治病、破屋壞垣 **月破大耗，宜事不取**	**宜：**酬神、出行、納畜、開光、設齋醮、嫁娶、出火、安床、入宅、安香、洽爐、掛匾、入殮、除靈、火葬、進金、安葬、求醫治病 **忌：**上官赴任、入學	**宜：**酬神、設齋醮、訂婚、動土、安床、安灶、掛匾、入殮、除靈、破土、火葬、進金、安葬 **忌：**開光、入宅、買車、開市、嫁娶	**宜：**出行、買車、納畜、開光、訂婚、裁衣、嫁娶、出火、安床、入宅、洽爐、開市、入殮、移柩、除靈、火葬、進金、安葬 **忌：**安門、設齋醮	**宜：**斷蟻 **忌：**嫁娶、入宅、安香、安門、入殮、除靈、火葬、進金	**宜：**酬神、出行、買車、開光、齋醮、訂婚、嫁娶、出火、動土、入宅、安香、開市、掛匾、入殮、除靈、破土、火葬、進金、安葬、求醫治病 **忌：**安床
丑辰 巳午	子寅 卯午	子卯 辰巳	子卯 巳午	寅卯 辰巳	子辰 巳午	子丑 寅卯
沖鼠26 歲煞北	**沖豬27 歲煞東**	**沖狗28 歲煞南**	**沖雞29 歲煞西**	**沖猴30 歲煞北**	**沖羊31 歲煞東**	**沖馬32 歲煞南**
倉庫碓 外西北	廚灶床 外正西	碓磨栖 外正西	占大門 外正西	房床爐 外正西	倉庫廁 外正西	廚灶碓 外西南

二〇二二年國曆十二月

日期	1	2	3	4	5	6
星期	三	四	五	六	日	一
節日節氣						
農曆	十月廿七	廿八	廿九	十一月初一	初二	初三
干支	癸未	甲申	乙酉	丙戌	丁亥	戊子
每日宜忌	**宜：**祈福、酬神、牧養、納畜、訂婚、入殮、移柩、除靈、火葬、進金、安葬 **忌：**開市、動土、入宅、安香、嫁娶、開光	**宜：**入殮、除靈 **受死又逢收日，吉喜喪事均不取**	**真滅沒，宜事不取**	**宜：**裁衣、合帳、安床、入殮、除靈、破土、火葬、進金、安葬 **忌：**開刀	**宜：**祭祀、沐浴 **忌：**動土、開刀、開光、入宅、安香、嫁娶、入殮、除靈、火葬	**宜：**出行、買車、開光、訂婚、裁衣、嫁娶、出火、動土、入宅、安香、洽爐、入殮、移柩、除靈、破土、火葬、進金、安葬、求醫治病 **忌：**開市
每日吉時	寅卯辰巳	子卯巳午	子丑辰巳	丑寅卯午	子丑辰午	寅卯辰巳
每日沖煞	**沖牛25 歲煞西**	**沖虎24 歲煞南**	**沖兔23 歲煞東**	**沖龍22 歲煞北**	**沖蛇21 歲煞西**	**沖馬20 歲煞南**
每日胎神占方	房床廁外西北	占門爐外西北	碓磨門外西北	廚灶棲外西北	倉庫床外西北	房床碓外正北

7	8	9	10	11	12	13	14	15
二	三	四	五	六	日	一	二	三
大雪								
初四	初五	初六	初七	初八	初九	初十	十一	十二
己丑	庚寅	辛卯	壬辰	癸巳	甲午	乙未	丙申	丁酉
節前**宜：**開光、安床 節後**宜：**祈福、酬神、牧養、納畜、開光、訂婚、裁衣、嫁娶、出火、動土、安床、入宅、安香、求醫治病 **忌：**入殮	**宜：**開光、裁衣、合帳、安床、開市、掛匾、入殮、移柩、除靈、火葬、進金、安葬 **忌：**動土、入宅、安香、嫁娶、出行、買車	**受死又逢死神，宜事不取**	**宜：**祈福、酬神、出行、訂婚、裁衣、出火、動土、安床、入宅、安香、洽爐、掛匾、入殮、移柩、除靈、破土、火葬、進金、安葬 **忌：**開市、嫁娶	**宜：**開光、裁衣、合帳、嫁娶、出火、動土、安床、安灶、入宅、安香 **忌：**出行、買車、造船橋、洽爐、入殮、除靈、火葬、進金	**宜：**求醫治病、破屋壞垣 **月破大耗，宜事不取**	**宜：**祈福、酬神、出行、齋醮、安床、入宅、安香、洽爐、入殮、除靈 **忌：**開光、安門、動土、安機械、嫁娶、火葬、進金	**宜：**酬神、出行、開光、齋醮、訂婚、嫁娶、出火、入宅、安香、洽爐、掛匾、入殮、移柩、除靈、火葬、進金、安葬、求醫治病 **忌：**動土、開市	**宜：**安床、入殮、除靈 **忌：**入宅、安香、開市、嫁娶、火葬、進金
子卯巳午	子卯辰巳	丑寅卯午	子辰巳午	卯辰巳午	丑卯巳午	子卯辰巳	子丑卯午	子辰巳午
沖羊19 歲煞東	**沖猴18 歲煞北**	**沖雞17 歲煞西**	**沖狗16 歲煞南**	**沖豬15 歲煞東**	**沖鼠14 歲煞北**	**沖牛13 歲煞西**	**沖虎12 歲煞南**	**沖兔11 歲煞東**
占門廁 外正北	碓磨爐 外正北	廚灶門 外正北	倉庫栖 外正北	占房床 房內北	占門碓 房內北	碓磨廁 房內北	廚灶爐 房內北	倉庫門 房內北

日期	星期	節日	節氣	農曆	干支	每日宜忌	每日吉時	每日沖煞	每日胎神占方
16	四			十一月 十三	戊戌	**宜**：祈福、酬神、牧養、開光、訂婚、裁衣、動土、除靈、破土 **忌**：入宅、安香、安床、嫁娶、入殮、火葬、進金	寅卯 巳午	**沖龍10 歲煞北**	房床栖 房內南
17	五			十四	己亥	**宜**：裁衣、合帳、出火、動土、入宅 **忌**：安床、出行、買車、開光、造船橋、嫁娶、入殮、火葬、進金	子寅 卯午	**沖蛇9 歲煞西**	占門床 房內南
18	六			十五	庚子	**是日凶星多吉星少，宜事不取**	子卯 辰巳	**沖馬8 歲煞南**	占碓磨 房內南
19	日			十六	辛丑	**宜**：祈福、酬神、出行、買車、牧養、納畜、訂婚、裁衣、合帳、嫁娶、動土、安床、開市 **忌**：洽爐、入殮、除靈、火葬、進金	丑寅 卯午	**沖羊7 歲煞東**	廚灶廁 房內南
20	一			十七	壬寅	**宜**：開光、訂婚、裁衣、合帳、安床、開市、掛匾、入殮、除靈、求醫治病 **忌**：嫁娶、入宅、安香、動土、火葬、進金、安葬	子辰 巳午	**沖猴6 歲煞北**	倉庫爐 房內南
21	二			十八	癸卯	**受死又逢四離，吉喜喪事均不取**	卯辰 巳午	**沖雞5 歲煞西**	房床門 房內南
22	三		冬至	十九	甲辰	**宜**：祈福、酬神、牧養、納畜、開光、齋醮、裁衣、動土、掛匾、入殮、移柩、除靈、破土、火葬、進金、安葬 **忌**：開市、嫁娶、入宅、安香、造床	子卯 巳午	**沖狗4 歲煞南**	門雞栖 房內東
23	四			二十	乙巳	**宜**：牧養、納畜、開光、裁衣、嫁娶、出火、動土、安床、安灶、入宅、安香 **忌**：造船橋、洽爐、入殮、除靈、火葬、進金、安葬	子卯 辰巳	**沖豬3 歲煞東**	碓磨床 房內東

31	30	29	28	27	26	25	24
五	四	三	二	一	日	六	五
廿八	廿七	廿六	廿五	廿四	廿三	廿二	廿一
癸丑	壬子	辛亥	庚戌	己酉	戊申	丁未	丙午
宜：祈福、酬神、出行、買車、納畜、訂婚、裁衣、嫁娶、出火、動土、安床、入宅、安香、開市、掛匾、求醫治病 **忌：**治爐、求嗣、入殮、除靈	**宜：**入殮、移柩、除靈、火葬、進金、安葬 **忌：**開刀、安香、開光、造船橋、開市、動土、嫁娶、安門	**宜：**裁衣、合帳、動土、安灶 **忌：**安床、開光、造船橋、入宅、安香、嫁娶	**宜：**祈福、酬神、牧養、納畜、設醮、齋醮、裁衣、動土、除靈、破土 **忌：**安床、嫁娶、入宅、安香、入殮、火葬、進金、安葬	**宜：**祭祀、整手足甲、沐浴、剃頭、栽種 **忌：**入宅、安香、嫁娶、開刀、入殮、除靈、火葬、進金、安葬	**宜：**祈福、酬神、設醮、齋醮、裁衣、合帳、安灶、掛匾、入殮、移柩、除靈、火葬、進金、安葬 **忌：**入宅、安香、嫁娶、安床、開刀、開市、安門、開光	**宜：**祈福、酬神、出行、買車、設醮、齋醮、動土、安床、入殮、移柩、除靈、破土、火葬、進金、安葬 **忌：**開光、開市、嫁娶、入宅、安香、安門	**宜：**求醫治病、破屋壞垣 **月破大耗，宜事不取**
寅卯巳午	子丑辰巳	丑寅卯午	子丑卯巳	子寅巳午	卯辰巳午	子辰巳午	丑寅卯午
沖羊55 歲煞東	**沖馬56 歲煞南**	**沖蛇57 歲煞西**	**沖龍58 歲煞北**	**沖兔59 歲煞東**	**沖虎60 歲煞南**	**沖牛1 歲煞西**	**沖鼠2 歲煞北**
房床廁 外東北	倉庫碓 外東北	廚灶床 外東北	碓磨栖 外東北	占大門 外東北	房床爐 房內東	倉庫廁 房內東	廚灶碓 房內東

二〇二二年國曆一月

日期	1	2	3	4	5	6	7
星期	六	日	一	二	三	四	五
節日節氣	元旦				小寒		
農曆	十一月 廿九	三十	十二月 初一	初二	初三	初四	初五
干支	甲寅	乙卯	丙辰	丁巳	戊午	己未	庚申
每日宜忌	**宜：**開光、訂婚、裁衣、合帳、安床、開市、入殮、移柩、除靈、火葬、進金、安葬、求醫治病 **忌：**動土、入宅、安香、嫁娶、穿井、牧養、造畜稠	**宜：**入殮、除靈 **受死又逢平日，吉喜喪事均不取**	**宜：**酬神、出行、納畜、齋醮、訂婚、出火、動土、安床、入宅、安香、洽爐、掛匾、入殮、除靈、破土、火葬、進金、安葬 **忌：**開光、嫁娶、開市	**正四廢重日，宜事不取**	節前**宜：**破屋壞垣 **月破大耗，宜事不取** 節後**宜：**嫁娶、安床、入殮、移柩、除靈、火葬、進金、安葬	**宜：**破屋壞垣 **月破大耗，宜事不取**	**宜：**開光、訂婚、裁衣、合帳、嫁娶、出火、動土、安灶、入宅、洽爐、掛匾、入殮、移柩、除靈、破土、火葬、進金、安葬 **忌：**開刀、出行、買車
每日吉時	子寅 卯午	子丑 卯巳	子寅 卯午	子辰 巳午	寅卯 辰巳	子卯 巳午	丑卯 辰巳
每日沖煞	**沖猴54 歲煞北**	**沖雞53 歲煞西**	**沖狗52 歲煞南**	**沖豬51 歲煞東**	**沖鼠50 歲煞北**	**沖牛49 歲煞西**	**沖虎48 歲煞南**
每日胎神占方	占門爐 外東北	碓磨門 外正東	廚灶栖 外正東	倉庫床 外正東	房床碓 外正東	占門廁 外正東	碓磨爐 外東南

日期	星期	農曆	干支	宜忌	時辰	沖煞	胎神
8	六	初六	辛酉	宜：入殮、移柩、除靈、破土、火葬、安葬 **受死忌吉喜事，惟行喪不忌**	子丑寅午	**沖兔47 歲煞東**	廚灶門 外東南
9	日	初七	壬戌	宜：作灶 忌：開光、安床、開市、嫁娶、入宅、安香、入殮、除靈、火葬	子丑巳午	**沖龍46 歲煞北**	倉庫栖 外東南
10	一	初八	癸亥	宜：開光、作灶 忌：安床、嫁娶、安門、造船橋、入宅、安香、入殮、除靈、火葬	寅卯辰午	**沖蛇45 歲煞西**	占房床 外東南
11	二	初九	甲子	宜：祈福、酬神、齋醮、訂婚、安床、安灶、入殮、移柩、除靈、火葬、進金、安葬 忌：開刀、入宅、安香、嫁娶、上樑、安門	子丑卯巳	**沖馬44 歲煞南**	占門碓 外東南
12	三	初十	乙丑	**正紅紗，宜事不取**	寅卯辰巳	**沖羊43 歲煞東**	碓磨廁 外東南
13	四	十一	丙寅	宜：出行、買車、訂婚、裁衣、嫁娶、動土、安床、開市、除靈、破土、火葬、進金、安葬、求醫治病 忌：開光、入宅、安香、入殮	子寅卯午	**沖猴42 歲煞北**	廚灶爐 外正南
14	五	十二	丁卯	宜：出行、買車、牧養、訂婚、裁衣、嫁娶、安床、開市、入殮、移柩、火葬、進金、安葬 忌：入宅、安香、動土、洽爐、祈福、酬神	子辰巳午	**沖雞41 歲煞西**	倉庫門 外正南
15	六	十三	戊辰	宜：祭祀、修飾垣墻、平治道塗 忌：嫁娶、入宅、安香、入殮、除靈、火葬、進金	寅卯辰巳	**沖狗40 歲煞南**	房床栖 外正南

日期	星期	節日節氣	農曆	干支	每日宜忌	每日吉時	每日沖煞	每日胎神占方
16	日		十二月十四	己巳	**宜**：祈福、酬神、開光、設醮、訂婚、裁衣、合帳、嫁娶、動土、安床、安灶、掛匾 **忌**：開市、出行、買車、入宅、安香、造船橋、入殮、除靈、火葬	子卯巳午	**沖豬39 歲煞東**	占門床 外正南
17	一		十五	庚午	**宜**：祈福、酬神、出行、納畜、齋醮、訂婚、裁衣、安床、掛匾、入殮、移柩、除靈、火葬、進金、安葬 **忌**：開光、嫁娶、開市、入宅	丑卯辰巳	**沖鼠38 歲煞北**	占碓磨 外正南
18	二	尾牙	十六	辛未	**月破大耗，宜事不取**	子寅卯午	**沖牛37 歲煞西**	廚灶廁 外西南
19	三		十七	壬申	**宜**：出行、買車、訂婚、開市、入殮、除靈 **忌**：入宅、安香、嫁娶、求嗣、火葬、進金	子辰巳午	**沖虎36 歲煞南**	倉庫爐 外西南
20	四	大寒	十八	癸酉	**宜**：入殮、移柩、除靈、火葬、安葬 **受死忌吉喜事，惟行喪不忌**	寅辰巳午	**沖兔35 歲煞東**	房床門 外西南
21	五		十九	甲戌	**宜**：祈福、酬神、設醮、齋醮、裁衣、嫁娶、作灶、入殮、除靈 **忌**：安床、開光、入宅、安香、開市、火葬、進金、安葬	子丑卯午	**沖龍34 歲煞北**	門雞栖 外西南
22	六		二十	乙亥	**宜**：祈福、酬神、出行、買車、開光、設醮、訂婚、裁衣、出火、安灶、入宅、安香、開市、求醫治病 **忌**：嫁娶、安床、入殮、除靈	子丑卯辰	**沖蛇33 歲煞西**	碓磨床 外西南
23	日		廿一	丙子	**宜**：祈福、酬神、設醮、齋醮、裁衣、合帳、安床、入殮、移柩、除靈、火葬、進金、安葬 **忌**：開刀、嫁娶、入宅、安香、安門、造船橋	子丑寅卯	**沖馬32 歲煞南**	廚灶碓 外西南

31	30	29	28	27	26	25	24
一	日	六	五	四	三	二	一
除夕							
廿九	廿八	廿七	廿六	廿五	廿四	廿三	廿二
甲申	癸未	壬午	辛巳	庚辰	己卯	戊寅	丁丑
宜：出行、買車、訂婚、合帳、嫁娶、出火、安灶、入宅、洽爐、開市、掛匾、入殮、除靈、火葬、進金、安葬 **忌：**開刀、求嗣、祈福	**月破大耗，宜事不取**	**宜：**祈福、酬神、出行、設醮、齋醮、裁衣、嫁娶、安床、入宅、安香、洽爐、入殮、移柩、除靈、火葬、進金、安葬 **忌：**開光、安門、入學	**宜：**祈福、酬神、牧養、納畜、訂婚、嫁娶 **忌：**開市、安門、入宅、安香、入殮、除靈、火葬、進金	**宜：**安床 **忌：**開光、嫁娶、入宅、安香、開市、入殮、除靈、火葬、進金	**宜：**訂婚、裁衣、合帳、嫁娶、安床、開市 **忌：**入宅、安香、動土、洽爐、納畜、入殮、除靈、火葬、進金	**宜：**牧養、納畜、訂婚、裁衣、合帳、出火、安床、入宅、洽爐、掛匾、入殮、移柩、除靈、火葬、進金、安葬 **忌：**開光、出行、買車、嫁娶、開市	**正紅紗，宜事不取**
子卯巳午	寅卯辰巳	丑辰巳午	子寅卯午	子卯辰巳	子卯巳午	寅卯辰巳	子辰巳午
沖虎24 歲煞南	**沖牛25 歲煞西**	**沖鼠26 歲煞北**	**沖豬27 歲煞東**	**沖狗28 歲煞南**	**沖雞29 歲煞西**	**沖猴30 歲煞北**	**沖羊31 歲煞東**
占門爐外西北	房床廁外西北	倉庫碓外西北	廚灶床外正西	碓磨栖外正西	占大門外正西	房床爐外正西	倉庫廁外正西

二〇二二年國曆二月

日期	1	2	3	4	5	6	7
星期	二	三	四	五	六	日	一
節日 節氣				立春			
農曆	正月 初一	初二	初三	初四	初五	初六	初七
干支	乙酉	丙戌	丁亥	戊子	己丑	庚寅	辛卯
每日宜忌	**受死逢歲首日，宜事不取**	**宜**：嫁娶 **忌**：開光、祈福、酬神、造船橋	**四絕值日又逢開，宜事不取**	節前**宜**：入殮、移柩、除靈、火葬、進金、安葬 節後**宜**：酬神、出行、買車、開光、訂婚、動土、開市、除靈、破土、求醫治病	**宜**：祈福、酬神、裁衣、合帳、安床、安灶、入殮、除靈 **忌**：開刀、嫁娶、入宅、安香、穿井、安葬	**宜**：裁衣、合帳、入殮、除靈 **忌**：動土、入宅、安香、嫁娶、開光、開市	**宜**：祈福、酬神、出行、齋醮、訂婚、安床、掛匾、入殮、移柩、除靈、破土、火葬、進金、安葬、求醫治病 **忌**：造宅、開光、嫁娶、開市
每日吉時	子丑 辰巳	丑寅 卯午	子丑 辰午	寅卯 辰巳	子卯 巳午	子卯 辰巳	丑寅 卯午
每日沖煞	**沖兔24** **歲煞東**	**沖龍23** **歲煞北**	**沖蛇22** **歲煞西**	**沖馬21** **歲煞南**	**沖羊20** **歲煞東**	**沖猴19** **歲煞北**	**沖雞18** **歲煞西**
每日胎神占方	碓磨門 外西北	廚灶栖 外西北	倉庫床 外西北	房床碓 外正北	占門廁 外正北	碓磨爐 外正北	廚灶門 外正北

8	9	10	11	12	13	14	15
二	三	四	五	六	日	一	二
初八	初九	初十	十一	十二	十三	十四	十五
辰壬	巳癸	午甲	未乙	申丙	酉丁	戌戊	亥己
宜：出行、嫁娶 **忌**：開市、入宅、安香、動土、入殮、火葬、進金	**宜**：作灶 **忌**：嫁娶、上樑、入宅、安香、入殮、火葬、進金	**宜**：祈福、酬神、牧養、納畜、設醮、訂婚、裁衣、合帳、動土、安床、開市 **忌**：入宅、安香、嫁娶、入殮、火葬、進金、安葬	**宜**：祈福、酬神、訂婚、裁衣、合帳、嫁娶、出火、安床、入宅、安香、入殮、移柩、火葬、進金、安葬 **忌**：開市、安門、動土、除靈、洽爐	**宜**：求醫治病、破屋壞垣 **月破大耗，宜事不取**	**宜**：祈福、酬神、出行、買車、納畜、開光、齋醮、訂婚、裁衣、動土、開市、入殮、移柩、除靈、破土、火葬、進金、安葬 **忌**：入宅、安香、安床	**宜**：入殮、移柩、除靈、破土、火葬、安葬 **受死忌吉喜事，惟行喪不忌**	**宜**：祈福、酬神、訂婚、裁衣、合帳、安床 **忌**：嫁娶、開光、設醮、齋醮
子辰 巳午	卯辰 巳午	丑卯 巳午	子卯 辰巳	子丑 卯午	子辰 巳午	寅卯 巳午	子寅 卯午
沖狗17 歲煞南	**沖豬16 歲煞東**	**沖鼠15 歲煞北**	**沖牛14 歲煞西**	**沖虎13 歲煞南**	**沖兔12 歲煞東**	**沖龍11 歲煞北**	**沖蛇10 歲煞西**
倉庫栖 外正北	占房床 房內北	占門碓 房內北	碓磨廁 房內北	廚灶爐 房內北	倉庫門 房內北	房床栖 房內南	占門床 房內南

日期	16	17	18	19	20	21	22
星期	三	四	五	六	日	一	二
節日節氣				雨水			
農曆	正月十六	十七	十八	十九	二十	廿一	廿二
干支	庚子	辛丑	壬寅	癸卯	甲辰	乙巳	丙午
每日宜忌	**宜：**祈福、酬神、出行、買車、開光、設醮、齋醮、嫁娶、開市、除靈 **忌：**上官赴任、入學、安床、開刀、入宅、安香	**宜：**祈福、酬神、入殮、除靈 **忌：**嫁娶、安機械、火葬、進金、安葬	**宜：**牧養、納畜、裁衣、合帳、安床、入殮、移柩、除靈、火葬、進金、安葬 **忌：**開光、入宅、安香、嫁娶、動土	**宜：**酬神、出行、買車、開光、設齋醮、訂婚、嫁娶、出火、動土、安床、入宅、安香、掛匾、入殮、除靈、破土、火葬、進金、安葬 **忌：**開市	**宜：**牧養、開光、嫁娶、安床 **忌：**動土、開市、入殮、除靈、火葬、進金、安葬	**宜：**作灶 **忌：**入殮、火葬、進金、安葬	**宜：**酬神、出行、買車、齋醮、訂婚、嫁娶、出火、動土、安床、入宅、安香、掛匾、入殮、移柩、除靈、破土、火葬、進金、安葬 **忌：**開光、安門
每日吉時	子卯辰巳	丑寅卯午	子辰巳午	卯辰巳午	子卯巳午	子卯辰巳	丑寅卯午
每日沖煞	**沖馬9 歲煞南**	**沖羊8 歲煞東**	**沖猴7 歲煞北**	**沖雞6 歲煞西**	**沖狗5 歲煞南**	**沖豬4 歲煞東**	**沖鼠3 歲煞北**
每日胎神占方	占碓磨房內南	廚灶廁房內南	倉庫爐房內南	房床門房內南	門雞栖房內東	碓磨床房內東	廚灶碓房內東

28	27	26	25	24	23
一	日	六	五	四	三
廿八	廿七	廿六	廿五	廿四	廿三
壬子	辛亥	庚戌	己酉	戊申	丁未
宜：祈福、酬神、開光、齋醮、訂婚、裁衣、嫁娶、動土、除靈、破土、求醫治病 **忌：**入宅、安香、安床、開刀、上樑、入殮、火葬、進金、安葬	**宜：**出行、開光、訂婚、裁衣、合帳、動土、安床、安灶、入宅、安香 **忌：**開市、安門、開刀、入殮、除靈、火葬、進金、安葬	**宜：**入殮、移柩、除靈、破土、火葬、安葬 **受死忌吉喜事，惟行喪不忌**	**宜：**祈福、酬神、出行、買車、開光、齋醮、裁衣、動土、開市、掛匾、入殮、移柩、除靈、破土、火葬、進金、安葬 **忌：**嫁娶、安床	**宜：**破屋壞垣 **月破大耗，宜事不取**	**宜：**祈福、酬神、牧養、納畜、訂婚、裁衣、合帳、出火、動土、安床、入宅、安香、入殮、移柩、破土、火葬、進金、安葬 **忌：**開光、嫁娶、出行
子丑 辰巳	丑寅 卯午	子丑 卯巳	子寅 巳午	卯辰 巳午	子辰 巳午
沖馬57 歲煞南	**沖蛇58 歲煞西**	**沖龍59 歲煞北**	**沖兔60 歲煞東**	**沖虎1 歲煞南**	**沖牛2 歲煞西**
倉庫碓 外東北	廚灶床 外東北	碓磨栖 外東北	占大門 外東北	房床爐 房內東	倉庫廁 房內東

一一〇辛丑年百歲年齡生肖對照表

中國年號	日治紀元	西曆公元	六十甲子	生肖	年齡
民國十一	(大正十一年)	1922	壬戌	狗	100歲
民國十二	(大正十二年)	1923	癸亥	豬	99歲
民國十三	(大正十三年)	1924	甲子	鼠	98歲
民國十四	(大正十四年)	1925	乙丑	牛	97歲
民國十五	(昭和元年)	1926	丙寅	虎	96歲
民國十六	(昭和二年)	1927	丁卯	兔	95歲
民國十七	(昭和三年)	1928	戊辰	龍	94歲
民國十八	(昭和四年)	1929	己巳	蛇	93歲
民國十九	(昭和五年)	1930	庚午	馬	92歲
民國二十	(昭和六年)	1931	辛未	羊	91歲
民國廿一	(昭和七年)	1932	壬申	猴	90歲
民國廿二	(昭和八年)	1933	癸酉	雞	89歲
民國廿三	(昭和九年)	1934	甲戌	狗	88歲
民國廿四	(昭和十年)	1935	乙亥	豬	87歲
民國廿五	(昭和十一年)	1936	丙子	鼠	86歲
民國廿六	(昭和十二年)	1937	丁丑	牛	85歲
民國廿七	(昭和十三年)	1938	戊寅	虎	84歲
民國廿八	(昭和十四年)	1939	己卯	兔	83歲
民國廿九	(昭和十五年)	1940	庚辰	龍	82歲
民國三十	(昭和十六年)	1941	辛巳	蛇	81歲
民國卅一	(昭和十七年)	1942	壬午	馬	80歲
民國卅二	(昭和十八年)	1943	癸未	羊	79歲
民國卅三	(昭和十九年)	1944	甲申	猴	78歲
民國卅四	(昭和二十年)	1945	乙酉	雞	77歲
民國卅五		1946	丙戌	狗	76歲
民國卅六		1947	丁亥	豬	75歲
民國卅七		1948	戊子	鼠	74歲
民國卅八		1949	己丑	牛	73歲
民國卅九		1950	庚寅	虎	72歲
民國四十		1951	辛卯	兔	71歲
民國四一		1952	壬辰	龍	70歲
民國四二		1953	癸巳	蛇	69歲
民國四三		1954	甲午	馬	68歲
民國四四		1955	乙未	羊	67歲
民國四五		1956	丙申	猴	66歲
民國四六		1957	丁酉	雞	65歲
民國四七		1958	戊戌	狗	64歲
民國四八		1959	己亥	豬	63歲
民國四九		1960	庚子	鼠	62歲
民國五十		1961	辛丑	牛	61歲
民國五一		1962	壬寅	虎	60歲
民國五二		1963	癸卯	兔	59歲
民國五三		1964	甲辰	龍	58歲
民國五四		1965	乙巳	蛇	57歲
民國五五		1966	丙午	馬	56歲
民國五六		1967	丁未	羊	55歲
民國五七		1968	戊申	猴	54歲
民國五八		1969	己酉	雞	53歲
民國五九		1970	庚戌	狗	52歲
民國六十		1971	辛亥	豬	51歲
民國六一		1972	壬子	鼠	50歲
民國六二		1973	癸丑	牛	49歲
民國六三		1974	甲寅	虎	48歲
民國六四		1975	乙卯	兔	47歲
民國六五		1976	丙辰	龍	46歲
民國六六		1977	丁巳	蛇	45歲
民國六七		1978	戊午	馬	44歲
民國六八		1979	己未	羊	43歲
民國六九		1980	庚申	猴	42歲
民國七十		1981	辛酉	雞	41歲
民國七一		1982	壬戌	狗	40歲
民國七二		1983	癸亥	豬	39歲
民國七三		1984	甲子	鼠	38歲
民國七四		1985	乙丑	牛	37歲
民國七五		1986	丙寅	虎	36歲
民國七六		1987	丁卯	兔	35歲
民國七七		1988	戊辰	龍	34歲
民國七八		1989	己巳	蛇	33歲
民國七九		1990	庚午	馬	32歲
民國八十		1991	辛未	羊	31歲
民國八一		1992	壬申	猴	30歲
民國八二		1993	癸酉	雞	29歲
民國八三		1994	甲戌	狗	28歲
民國八四		1995	乙亥	豬	27歲
民國八五		1996	丙子	鼠	26歲
民國八六		1997	丁丑	牛	25歲
民國八七		1998	戊寅	虎	24歲
民國八八		1999	己卯	兔	23歲
民國八九		2000	庚辰	龍	22歲
民國九十		2001	辛巳	蛇	21歲
民國九一		2002	壬午	馬	20歲
民國九二		2003	癸未	羊	19歲
民國九三		2004	甲申	猴	18歲
民國九四		2005	乙酉	雞	17歲
民國九五		2006	丙戌	狗	16歲
民國九六		2007	丁亥	豬	15歲
民國九七		2008	戊子	鼠	14歲
民國九八		2009	己丑	牛	13歲
民國九九		2010	庚寅	虎	12歲
民國一〇〇		2011	辛卯	兔	11歲
民國一〇一		2012	壬辰	龍	10歲
民國一〇二		2013	癸巳	蛇	9歲
民國一〇三		2014	甲午	馬	8歲
民國一〇四		2015	乙未	羊	7歲
民國一〇五		2016	丙申	猴	6歲
民國一〇六		2017	丁酉	雞	5歲
民國一〇七		2018	戊戌	狗	4歲
民國一〇八		2019	己亥	豬	3歲
民國一〇九		2020	庚子	鼠	2歲
民國一一〇		2021	辛丑	牛	1歲

玩藝 98

詹惟中 2021 開運農民曆

找到你的紫微密碼！獨創東方星座神起攻略，
打破人生困境、好運當頭迎來年！

作　　者—詹惟中
攝　　影—Rocky
髮　　型—廖佩玟
全書設計－楊雅屏
責任編輯—施穎芳
責任企劃－周湘琦

總 編 輯—周湘琦
董 事 長—趙政岷
出 版 者—時報文化出版企業股份有限公司
108019 台北市和平西路三段 240 號 2 樓
發行專線—(02)2306-6842
讀者服務專線—0800-231-705　(02)2304-7103
讀者服務傳真—(02)2304-6858
郵撥—19344724 時報文化出版公司
信箱—10899 臺北華江橋郵局第 99 信箱
時報悅讀網—http://www.readingtimes.com.tw
電子郵件信箱—books@readingtimes.com.tw
生活線臉書—https://www.facebook.com/ctgraphics
法律顧問— 理律法律事務所　陳長文律師、李念祖律師
印　　刷— 和楹印刷有限公司
初版一刷— 2020 年 9 月 25 日
定　　價— 新台幣 380 元
（缺頁或破損的書，請寄回更換）

時報文化出版公司成立於一九七五年，
並於一九九九年股票上櫃公開發行，於二〇〇八年脫離中時集團非屬旺中，
以「尊重智慧與創意的文化事業」為信念。

詹惟中開運農民曆. 2021 / 詹惟中著. -- 初版.
-- 臺北市 : 時報文化, 2020.09
面；　公分. -- (玩藝 ; 98)
ISBN 978-957-13-8374-3(平裝)

1. 命書 2. 改運法

293.1　　109013629